때로 반짝이고
때로　쓸쓸한

성전 스님의 마음 경전

때로 반짝이고
때로　쓸쓸한

담앤북스

별 하나가 찾아온다.

"나는 당신의 별이야."

별이 내게 말한다.

살아서 당신은 목탁을 치면서 부처님 시봉했고 죽어서는 별빛이 되어 부처님께 빛 공양을 올릴 거야. 그때가 되면 당신은 보게 될 거야. 당신이 살아서 만났던 그 많은 얼굴들이 부처였다는 것을. 나는 지금도 볼 수 있어. 만나는 모든 사람이 다 부처라는 것을. 빛으로 보면 존재하는 모든 것들이 무량한 빛의 부처라는 것을 알 수 있어.

하지만 아직 당신에게는 빛이 없어. 그래서 모든 것을 부처로 볼 수 없어. 내게는 당신 사는 세상이 불국토야. 당신에게는 중생들의 세계이겠지만. 당신이 내가 되지 않은 지금도 나처럼 볼 수 있어. 깨달음만 있다면 말이야. 깨달음은 빛이 되어 사는 것을 말하지. 하지만 지금 그럴 수 없다 하더라도 걱정하지는 마. 당신은 언젠가 내가 되어 빛으로 모든 것을 보게 될 테니.

나는 당신의 별이야. 살다가 어둠이 깊어지면 새벽하늘을 봐. 나는 언제나 당신의 추녀 사이 하늘에서 빛나고 있을 테니까. 나는 당신의 아름다운 꿈으로 당신의 새벽하늘에 빛나고 있을 테니 당신도 용기를 내. 그리고 아름답게 살아줘. 당신이 아름답게 살아야 나는 더욱 빛날 수 있어. 당신이 아름답게 살지 못하면 나도 빛을 잃고 점점 흐려져만 갈거야.

별의 이야기를 듣는 동안 별은 밝음을 따라 사라져 갔다. 어둠을 밝히던 별은 사라지고 밝음과 하나가 된 별을 나는 다시 추녀 사이에서 찾는다.

어둠은 아무리 커도 빛을 지울 수 없고
빛은 아무리 작아도 어둠을 견딜 수가 있습니다.
때로 반짝이고 때로 쓸쓸한 당신의 삶에
별의 안부를 전합니다.

2023년 가을
성전

서문 • 4

하루를 잘 보내는 법

일주일을 잘 보내는 법

일 년을 잘 보내는 법

인생을 잘 보내는 법

때로 반짝이고

　　　　　　　　때로 외로운 날들 앞에서

사랑이라는 별은 여전히 빛나고 있다

하루를
잘 보내는

법

노래일까 햇살일까 솔향일까

아침이면 햇살보다 먼저
새들이 찾아와 노래한다.

대기가 차도
새들의 노랫소리는 따뜻하다.

이제 곧 햇살이 찾아오면
새들은 햇살과 함께 노래하며
북향 도량의 온도를
높여 주리라.

햇살이 새들의 노랫소리에 맞춰
춤을 추고 소나무 그 가락을 따라
겨우내 향을 뿜는 곳. 땅속의 꽃들도
고개를 돋으며 봄을 기다리는 곳에서

내가 산다.

나는 노래일까
햇살일까 아님 솔향일까.
나는 나의 향기와 가락에 젖는다.

나를 즐겁게 흔들며
아침이 오는 이곳에서
나는 꽃처럼 고개를 내민다.

새가 노래하고 꽃들이 웃고 있습니다. 나를 본 고양이가 달려오고 숲의 냄새가 조용히 다가섭니다. 밤에 잠은 깊었고 새벽의 기도는 향긋합니다. 내가 축원하는 모든 사람의 마음을 떠올렸고 그들의 소원이 이루어지기를 진심으로 부처님께 말씀드렸습니다.

날마다 보고 또 보는 부처님의 상호相好이지만 날마다 다른 표정과 의미로 다가옵니다. 부처님은 항상 여여如如하신데, 시간마다 다른 부처님을 뵙는 것은 다만 내 마음이 변하기 때문입니다.

나는 아침에 만족을 배웁니다. 아침은 내게 만족하는 법을 알려줍니다. 아침이 일러주는 그 길에는 기도가 있고 새들과 꽃과 고양이가 있습니다. 모두 나의 벗입니다.

나는 나의 벗들을 만나기 전 별들을 만났고 부처님을 뵙고 예불을 모시고 기도를 드렸습니다. 여러분 모두의 마음과 함께 합장하고 서서 부처님께 올리는 기도 속에서 나는 날마다 성장합니다. 자비와 연민을 깨우치고 함께 살아가는 세상의 고마움도 가슴에 새깁니다.

부처님과 함께하는 아침의 시작에서부터 꽃과 새와 고양이와 함께 펼치는 아침에 나는 만족이라는 이름으로 서 있습니다.

숲의 향기가 살며시 내 가슴에 들어옵니다. 그 향기를 맡습니다. 나의 아침은 점점 숲이 되어 갑니다.

아침같이 살아야 한다

일출이 그리는 세상은 아름답다.
세상은 이렇게 아침을 연다.
그 세상에 꽃들이 살고
별과 함께 달이 산다.
바람이 그 빛과 향기를 실어 올 때면
눈을 감는다.
탐욕의 눈으로 보아서는 안 되기 때문이다.
그리고 마음을 비운다.
번뇌는 그 빛과 향기를 왜곡하기에.

아침같이 살아야 한다.
꽃같이 별같이 살아야 한다.
그것이 아름다운 세상을
사는 사람들의 의무이기도 하다.

세상은 아침이면 언제나 묻는다.
그대 아름답게 살고 있는지.
나는 즐겁게 대답하고 싶다.
네, 라고. 그러나 그 대답은
언제나 안에서 머물다 지워진다.
아름다운 세상에 언젠가
나의 대답도 꽃이 되는 때가 있을까.

세상의 아침은 언제나 아름답다.

아직 어둠 짙은 길을 나섭니다. 도로에는 이미 나보다 먼저 나온 사람들의 발길이 가득합니다. 이렇게 바쁘게 살아야 하는 삶은 얼마나 숨 가쁜 것일까. 빠르게 질주하는 차들의 불빛. 생존의 길이란 저렇게 숨 가쁜 것일까.

길을 찾아 생존할 수 있다면 어둠과 추위는 아무것도 아니라는 듯한 비장한 결의가 이 새벽의 도로 위에서는 느껴집니다. 이들은 죽어 염라대왕 앞에 간다면 말하겠지요. 열심히 산 죄밖에 없다고. 누가 이들을 심판하고 지옥에 가둘 수 있겠습니까. 그래서 지장보살은 지옥의 문 앞에서 이들을 구제하기 위해 그렇게 꺼지지 않는 원력願力으로 지키고 서 있는지도 모릅니다. 이 세상에 와 열심히 산 사람들에게는 아무런 죄가 없습니다. 그들의 진리는 '생존하기 위해서는 열심히 살아야 한다'는 것일지 모릅니다.

그래서 우리는 나누어야 하고 서로를 연민해야 합니다. 두 눈마저 질끈 감고 달려야 하는 이 세상에서 턱에 차는 속도를 늦추기 위해 우리는 서로 나누고 연민해야 합니다. 그래야 비로소 질끈 감았던 두 눈을 뜨고 이 세상의 아름다움과 내 곁에 선 당신의 아름다움을 바라보게 될 수 있습니다.

혼자 산다 생각하면 인생은 숨 가쁜 100미터 경주지만 함께 산다 생각하면 그나마 숨도 좀 쉬고 주변도 둘러볼 수 있는 경보길 정도가 되지 않겠는지요. 그 가능성을 키워 나갑시다. 그것이 깨어 있는 사람들의 일이기도 합니다.

존재의 아침

아침이 좋은 건 햇살이 찾아오기 때문이다.
그대가 좋은 건 그대가 내게는 햇살이기 때문이다.

산사가 좋은 건 부처님 광명光明이 넘치기 때문이다.
그 광명, 어둠을 지우고 그대를 보게 하기 때문이다.

어둠 속에서는 없던 그대가 광명 속에서
불현듯 나타나는 순간 나는 그대를 향해
손을 내미는 법을 배웠고 그 잡은 손의
따뜻함을 알았다.

어둠은 나를 가두었으나
빛은 그대를 내게 데려와
그대를 보게 했다.

산사에서 보면 더욱더
선명한 그대.
부처님 지혜의 광명 안에서
우리는 비로소 존재의 아침을 맞는다.

방송국 현관에 들어서면 "안녕하세요." 하고 인사하는 분들이 계십니다. 경비원분들이죠. 그 인사 소리가 참 듣기 좋아 나도 덩달아 기쁘게 인사하죠. "수고하세요."라고.

오늘 아침에는 문득 이런 생각이 들더군요. 남들에게 인사하는 저 순간 그분들은 얼마나 많은 복을 짓는가. 살면서 인사를 받기보다는 하는 것이 훨씬 더 좋은 일 아닌가.

사실 우리는 인사 받기를 더 좋아하죠. 그래서 높은 지위를 바라고 부자가 되기를 갈구하죠. 하지만 복은 인사할 때 생기는 것이지 인사 받을 때 생기는 것은 아니죠. 마음을 낮추는 자에게 만복이 스스로 돌아온다는 말이나, 부자가 천국에 가기는 낙타가 바늘구멍을 통과하는 것보다 어렵다는 말도 같은 뜻이겠죠.

요즘 제가 자주 떠올리는 말은 '죽고 난 후의 몸은 어쩔 것인가'입니다. 금생에 너무 많이 받아 후신後身이 걱정스럽기도 합니다. 많이 나누고 살았어야 했는데 그러지 못하고 산 느낌입니다. 인사라도 부지런히 하고 살아야겠어요. 인사 받기보다는 인사하는 사람으로 살아가야겠다는 생각이 듭니다.

부자도 좋고 지위가 높은 것도 좋지만 진정 아름다운 것은 마음을 낮추고 세상 모든 존재를 향해 반갑고 기쁘게 인사하는 것이겠지요. 그것은 축복이고 모든 생명을 위한 기도일 테니까요.

비가 간간이 뿌리고 바람이 조금 차가워지는 아침이네요. 오늘도 모두를 향해 반갑고 기쁘게 인사를 올립니다.
"안녕하세요?"

찬란한 언어의 뿌리

연꽃이 입을 다물었다
저녁이 침묵이라는 것을
연꽃은 스스로 안다.
그래서 연꽃의 아침
언어는 향기롭다.

어둠과 함께 익어 온
침묵으로 빚은 언어들이
아침이면 햇살과 함께
깨어나 찬란하다.

아침이면 연꽃의 입술에
귀를 대고 듣는다.
그 찬란한 언어의 뿌리가
고요한 침묵이었음을.

내가 보는 당신은 당신이 아닐 수 있습니다. 내가 아는 당신은 내가 그린 내 마음속의 당신일 수 있습니다. 그러니 '당신은 이런 사람이잖아'라고 말하지 않겠습니다.

당신이 아는 나도 내가 아닐 수 있습니다. 나 역시 당신이 그린 당신 마음속의 나일 수 있습니다. 그러니 나에 대해 단언하거나 평가하지 마십시오.

당신이 나에 대해 보고 듣는다 해도 나에 대한 정의는 당신의 마음이 내리는 것입니다. 눈은 키와 몸무게, 표정만 볼 뿐이고 귀는 나의 음성을 들을 뿐입니다. 이 모든 것을 종합하는 것은 당신의 마음입니다. 좋은 사람이야 혹은 나쁜 사람이야 같은 정의는 당신의 마음이 내리는 겁니다. 그러니 당신은 내가 아니라 당신의 마음이 그린 나를 보고 있을 뿐입니다.

우리는 서로에 대해 더 조심해야 하고 아량을 가지고 대해야 합니다. 왜냐하면 타인에 대한 나의 판단이 틀릴 수 있기 때문입니다. 그러니 상대방을 판단하기 전에 먼저 자신의 마음을 보아야 합니다. 자신이 틀렸을 수도 있다는 생각을 가지고 상대에게 다가서야 합니다. 그러면 우리는 더 좋은 관계의 사람이 될 수 있을 것입니다.

햇살 아래 서서

햇살 눈부시다.
이 햇살 아래서는 누구나
평등하다.
세상이 불공평하다고
고개 숙인 그대여,
이 가을 햇살 아래
두 팔을 벌리고 서보라.
그러면 그대는 알게 되리라.
이 자연 아래서는 모두가
평등하다는 것을.

세상을 원망하다
숨이 막힐 것만 같은 사람들아,
이제 이 햇살 아래 서서
마음껏 호흡하라.

그러면 그대는 다시
세상을 격하게 원망하면서도
다시 착한 마음을 가지고
살아갈 힘이 생기리라.

가을 햇살 아래로 오라.
이 햇살 아래서 다시 착한
마음의 힘을 공급 받고
저 험한 세상으로 착한 얼굴로
힘차게 걸어 나가자.

매일 길을 걷습니다. 저수지를 돌아 천흥사 위에 자리한 절 만일사 앞까지. 만일사 턱밑까지 가면 2시간 정도, 800미터 전방까지 가면 90분 정도가 걸립니다. 힘은 약간 들지만 싫지가 않습니다. 숲길의 고요와 맑은 공기. 그 속을 걷는 나는 그냥 무념無念입니다. 하루 중 마음의 무게가 가장 가벼운 시간이기도 합니다.

길을 걸으며 내가 언제까지 이렇게 걸을 수 있을까, 생각해 보고는 합니다. 100살까지 걷고 싶지만 그건 좀 현실성 없는 바람일 뿐입니다. 80살까지만 이렇게 걸을 수 있다면 정말 좋겠습니다. 그때도 산길을 걸을 수 있다면 나는 어느 날 걷다가 산에 흡수될지도 모를 일입니다. 노구老軀를 끌고 산길을 걷다 물이 번지듯 산에 번져 스밀 수 있다면 얼마나 좋을까요.

나는 산을 좋아합니다. 산 정상에 오르기보다 산 주변을 걷는 것을 좋아합니다. 그래서 지금 산 아래서의 삶에 만족하며 살고 있습니다. 새벽에 일어나 부처님 모시고 모든 이들을 위해 축원하고 도량에 나서면 그리 마음이 편안합니다. 해야 할 일을 다 해 마친 사람의 마음처럼 그 순간은 어떤 바람도 없습니다. 그 순간 산을 바라보면 산이 이런 마음일 거라는 생각이 듭니다.

산길을 걸어 절로 돌아오는 길에 나는 산길에게 꼭 이야기합니다. 내가 80살까지는 너를 찾아올게. 너도 내 발걸음을 기다려줘. 산길 위로 낙엽 하나가 데구르르 굴러갑니다. 나는 그것을 산길의 대답으로 알아듣습니다.

80살까지 걷겠다는 내 약속의 하루하루가 이렇게 아름답게 익어 갑니다.

그렇게 사는 것

슬픔의 곁에 자신을
너무 오래 머물게 하지 마라.
눈물에 녹아내려
형체도 없을 테니까.

분노의 곁에 자신을
너무 오래 머물게 하지 마라.
그 불길 속에서 마침내
재가 되어버리고 말 테니까.

시기의 길 위를
너무 오래 서성이지 마라.
자신은 없고 타인만 있는
인생의 괴로움을 만나게 될 테니까.

너무 오래 좌절하지 마라.
언젠가 일어서고 싶어도
일어나는 방법까지도 몰라
어둠 속에 주저앉아 울게 될 테니까.

태양을 향해 고개를 들어라.
수억 광년을 달려온 태양을 향해
그대도 수억 광년을 달려가라.

인생은 슬픔의 강을 지나
분노의 불길을 넘어
수억 광년을 달려온 햇살이 꽃대에 내려
꽃잎을 그리듯 그렇게
그렇게 사는 것이다.

기쁜 마음을 가져야 몸도 마음도 안정이 됩니다. 몸도 마음도 안정이 되지 않는 것은 당신이 불안하고 스트레스를 받고 있다는 증거입니다.

그럴 때 기쁨을 느끼면서 숨을 깊이 들이쉬고, 다시 기쁨을 느끼면서 숨을 길게 내쉽니다. 그리고 주의를 집중하고 알아차립니다. 그러면 당신은 불안을 벗어나 다시 안정을 찾게 됩니다. 그것은 당신이 불안에서 기쁨으로 돌아왔다는 것을 의미합니다.

우리의 모든 시간은 선택으로 이어져 있습니다. 행복을 선택할 것인가 불행을 선택할 것인가. 싸움을 선택할 것인가 화해를 선택할 것인가. 불안을 선택할 것인가 안정을 선택할 것인가. 과거를 선택할 것인가 지금 여기를 선택할 것인가.

오늘 좋고 멋진 것들을 선택하세요. 그래서 오늘 하루도 기쁨 가득한 날들을 만들어 가세요. 당신이 만드는 시간 들이잖아요.

해가 들기 시작하네요. 마음에 눈에 햇살을 가득 담으러 나가야겠네요.

그래도 괜찮다

백화동 꽃 지자
향기도 떠나버렸다.
꽃도 없고
향기도 없다.
그래도 괜찮다.
꽃 없고
향기가 없은들 어떠리.
그냥 있는 것만으로도
충분하다.

꿈이 깨어지자
인생의 눈부심이 사라졌다.
초라한 나만 남았다.
그래도 괜찮다.
나는 꿈보다 먼저 있고

꿈보다 늦게까지 남아 있을 테니까.
눈부시지 않으면 어떠리.
또 초라한들 어떠리.

내일 나는 또 새벽별 보며
그 별빛과 함께 태어나리니.
그대여 나를 위해 꽃들까지도
춤추는 노래를 불러주지 않으려나.

하루에 몇 번은 우주의 선물을 받습니다. 이 커다란 우주가 선물을 하는 나는 작으나 작지 않습니다. 인간의 삶이 고되고 남루할지라도 우주는 나를 위해 날마다 선물을 보내고 또 준비하고 있으니 이 남루한 삶까지도 복되고 복됩니다.

노을과 햇살과 바람과 별과 달빛. 그리고 바다와 저 산은 우리들의 삶을 위한 선물이고 준비물입니다. 우리는 스스로 갇혀 작고 남루할 뿐, 마음을 열면 하늘이 지붕이 되고 이 대지가 침상이고 노을이 이불 아니던가요. 노을의 이불을 덮고 잔다고 생각해 보세요. 그 잠결은 얼마나 따뜻하고 감미롭겠는지요.

자유인은, 참사람은 분별을 떠난 사람입니다. 그는 분별의 창살이 없어 그 모든 것과 하나가 된 사람입니다. 하나가 되었기에 그는 오는 곳도 없고 가는 곳도 없이 여여할 뿐입니다. 지금이 영원이 되는 대자유의 삶은 얼마나 멋진 것인가!

하루에 몇 번 내 가슴이 크게 열리고 내 눈이 분별의 장막을 버리는 순간 나는 행복의 정수에 가 섭니다. 이것이구나. 나는 그렇게 깨달음의 소식을 만나고는 합니다.

노을을 따라

얼마를 걸어야
저 노을에 이를 수 있을까.

얼마를 살아야
저 노을처럼 아름답게 물들 수 있을까.

얼마나 생각이 깊어야
아픔까지도 따뜻한 마음의
온기를 지닐 수 있을까.

겨울날 노을은 고즈넉하다.
어떠한 말도 남아 있지 않다.
다만 물들고 있을 뿐.

화려함도 버렸다.
시린 날들을 노을은
이렇게 산다.

노을을 향해 걸어가는 오늘도
노을은 아득히 멀기만 하다.

저녁 햇살 너무 투명해 걸음을 멈추었습니다. 저 산 아랫
마을에는 노인 몇이 모여 술잔을 기울이고 저녁은 그들의
안부를 가만히 듣습니다.

삶이란 흘러가는 것이라는 듯 호수의 물결이 햇살을 노
젓습니다. 미움이란 얼마나 못난 표정인가를 저녁 하늘이
비춰 줍니다. 말이란 얼마나 무력한 것인가를 저녁의 고
요가 보여 줍니다. 미움도 소음도 없는 길 위에서 나는 고
요히 내리는 저녁 햇살을 맞습니다. 가끔 이렇게 멈추어
서서 바라보면 인생은 저녁 햇살 만큼이나 따뜻하고 아름
다운 것이 됩니다.

어쩌면 이게 인생의 참모습이 아닐까. 나는 그런 깨달음
에 머물고는 합니다. 나는 삶을 사랑하는 사람입니다. 그
래서 이 저녁 햇살 한 줌도 내게는 소중합니다. 소중한 것

이 많은 세상. 그래서 미움은 순간에 그치고 사랑은 다시 햇살이 되어 흐릅니다.

내일도 나는 다시 세상을 사랑하는 눈빛으로 만나게 될 겁니다.

저녁에 배우는 사랑

세상이 온통 아름다운 저녁이다.
불어오는 산들바람이
숲을 가득 이고 있는 산이
나를 지나치는 사람들의 목소리가
풍경처럼 내 가슴에 무늬를 그린다.
내 가슴은 세상이라는 아름다운 무늬로 가득하다.
착하게 살아야겠다.
겸손하게 살아야겠다.
미소 지으며 살아야겠다.
이 아름다운 세상에서
그렇게 살아 나도
아름다운 무늬가 되어야겠다.

사랑을 나는 날마다 저녁에 배운다.
나는 왜 아침에 사랑을 배우지 않고

꼭 저녁에 배우는 것일까.
내 삶은 언제나 늦은 것이었다.
아무렴 어떤가.
그래도 저녁이면 이렇게
사랑을 배우고 있으니.

봄이 호수를 밟고 오나 보다.
물결이 즐겁게 뒤척인다.

달은 하늘 한가운데 떠 있고

바람이 수면을 스칠 때

일상의 맑고 의미 있는 것들을

제대로 아는 이 거의 없으리라.

송대宋代 유학자이자 시인인 소강절邵康節의 '청야음淸夜
吟'이라는 시입니다. '밤에 맑음을 읊다'라는 제목처럼 이
시를 읽다 보면 마음이 맑아집니다. 달은 중천에 떠 있고
바람이 수면을 스치는 고요한 밤은 그 자체로 행복이고
완성입니다. 어디서 달리 평화와 행복을 구할 것이 없습
니다.

깊은 산중에 사는 스님에게 누군가 물었습니다. "스님은
무슨 재미로 이 산중에 사세요?" 스님은 대답 대신 빙긋이
미소로 답했을 뿐입니다. 흰구름 바라보는 시열視悅을 말

한들 어찌 알겠으며, 계곡의 물소리를 듣는 청열聽悅을 말한들 어찌 알겠으며, 밤하늘의 달빛과 노니는 유열愉悅을 또한 어찌 알겠습니까.

달이 중천에 뜨는 것도 일상이고 바람이 수면을 스치는 것도 일상이지만 그 일상의 지극한 맛을 아는 사람들은 극히 적을 뿐입니다. 이 맛은 손으로도 입으로도 전해줄 수 없으니 선禪의 맛입니다. 오직 마음으로만 건넬 수 있으니 그대의 마음이 또한 그 맛을 알아야 가능한 것입니다.

이열怡悅은 마음속에 차오른 기쁨을 의미합니다. 달을 보고 수면에 스치는 바람을 만나 이열을 느끼지 못한다면 우리의 삶은 많은 상실을 안고 살아가는 것이 되고 맙니다.

밤이면 달이 뜨고 이른 아침이면 짙은 안개가 찾아오고

다시 바람이 불어 안개를 걷어가는 이 산중의 맛을 어찌
말로 알릴 수가 있겠습니까. 다만 말 없는 말로 그대에게
건넬 뿐이니 오늘 다시 달이 뜨거든 하늘을 한번 바라보
길 바랄 뿐입니다.

오늘은 반짝이는

삶의 날입니다

아름다움이 남기는 긴 여운

운호에 해가 집니다.
해는 그냥 지지 않고
넓은 호수를 빛으로 물들입니다.
해가 얼마나 아름다운 마음을
품고 있었는지 노을빛
물드는 호수를 보고서야
비로소 압니다.

당신을 보아도
나는 당신을 모릅니다.
해를 보아도
해의 아름다움을 몰랐듯이.

언젠가 당신이
지는 해가 되었을 때
나는 어쩌면 당신의 아름다움을
알게 될는지도 모릅니다.

너무 늦게 알아 버린 아름다움은
슬퍼서 더욱 긴 여운을 남깁니다.

절이 구름 가운데 있는데
스님은 구름을 쓸지 않네.
객승이 와 비로소 사립문을 여니
만년 노송의 송홧가루가 우수수 떨어지네.

지리산 불일폭포 곁에 불일암이라는 암자가 있습니다. 그
곳에 가면 만나볼 수 있는 글이라고 합니다. 아마 주련에
걸린 글귀 같습니다. 물론 한문으로 되어 있지요.

이 글을 보면 깊은 선정禪定 삼매三昧에 든 스님이 떠오르
고 고요가 배경이 되는 것을 느낍니다. 바람마저도 선승
의 삼매를 존중해 숨죽인, 그야말로 적멸寂滅이 도량이 되
어 버린 깊은 고요가 만져집니다. 그 적멸을 깨는 것은 멀
리서 찾아온 객客 스님입니다. 객이 찾아와 사립문을 열자
적멸 뿐인 산중에 비로소 소리 하나가 일어납니다. 그 소

리에 선승을 따라 깊은 삼매에 들었던 소나무가 반쯤 감
았던 눈을 뜨고 우수수 송홧가루를 떨굽니다.

'스님'이라 하면 누구나 산중의 스님을 떠올립니다. 깊은
산중에서 말을 버리고 생각도 놓고 화두 하나 들고 정진
삼매에 드는 스님의 모습을 그리게 됩니다. 저 역시 그런
모습을 동경하고 또 그렇게 살고 싶습니다. 스님의 멋은
역시 그런 데 있다는 것을 부정할 수는 없습니다.

오늘 아침에 만난 이 한 편의 선시가 마음을 정화합니다.
들뜨고 시끄럽던 마음을 다 잠재우고 고요를 선사합니다.
고요는 맑고 편안합니다. 하루 종일 무엇을 위해 바쁜 건
지 이 고요가 내게 묻습니다. 이 생각 저 생각으로 얼마나
마음이 바빴는지 비로소 돌아보게 됩니다. 마음을 혹사한
것 같아 마음에게 미안합니다. 번뇌 많은 객을 만나 주인

인 마음이 고생이 큽니다.

이젠 좀 마음을 혹사하지 말아야겠습니다. 부질없는 생각들은 버리고 마음을 좀 편히 쉬게 해야겠습니다. 마음이 쉬어야 마음도 편하고 저도 편해질 테니까요. 절이 구름 가운데 있어도 구름을 쓸지 않는 스님처럼 오롯이 선정 삼매에 들고픈 아침입니다.

오늘 좋고 멋진 것들을

선택하세요

시로 쓰이는 것

저녁을 걷다 보면 나도 저녁이 됩니다.
이 시간이면 집으로 돌아오듯이
나도 내게로 돌아옵니다.
마치 커튼이 내려오듯 어둠이 내리면
우리는 공연을 마친 배우처럼
삶의 그 쓸쓸함에 대해 생각하게 됩니다.

별이 반짝이는 것은 작은 존재의 쓸쓸함을
밤새 시로 쓰기 때문입니다.
쓸쓸함이 얼마나 아름다운 것인가를
별은 온몸으로 보여 줍니다.

산에 산다는 것은 별이 되어 사는 것을 의미합니다.
그 쓸쓸함이 별처럼 빛나도록 사는 것이
산에 사는 사람들의 일입니다.

충분히 성숙할 시간을 축복처럼 누렸으므로
자비와 연민으로 반짝이는 긴 저녁의 시를
써야만 합니다. 그리고 들려주어야 합니다.
자비와 연민을 떠나서 살 수 없는 것이
바로 우리라고. 우리는 그렇게 살아야 한다고.

저녁을 걸어 나는 내게로 돌아옵니다.
그 길에 불빛이 마냥 따뜻합니다.
이 시간이 모두에게 축복이기를 나는
기도합니다.

영춘화 피었습니다. 저 작은 몸으로 혹독한 추위 견디고 얼굴 환하게 꽃 피었습니다. 그 산채만 한 바람을 어찌 견디었을까. 생각해 보면 불가사의합니다. 기적입니다.

"세상에는 기적은 없다고 믿고 사는 사람이 있고, 세상만사가 다 기적이라고 믿으며 사는 사람이 있다." 당신은 어느 쪽인가요? 나는 후자입니다. 세상만사가 다 기적이라고 믿고 살고 있습니다. 내가 살아가는 것도 꽃이 피고 그대가 환하게 웃는 것도 내게는 다 기적입니다. 그러니 나의 날들은 날마다 좋은 날이 됩니다.

기적은 상상의 힘을 말합니다. 세상만사가 다 기적이라고 믿는 사람들에게 이 기적은 현실이 됩니다. 상상을 상상 속에만 가두는 것은 우리의 부정적인 사고입니다. 체념과 비하는 결코 기적을 불러오지 못합니다. 자신에게 기적이 찾아오지 않았다면 그것은 부정적인 사고 때문이라고 생각하세요.

긍정적으로 사고하세요. 그러면 절망은 희망이 되고 불가능은 가능이 됩니다. 이것이 바로 기적이 아니고 무엇이겠는지요. 이것이 또한 일체유심조一切唯心造를 의미하는 것이 아니겠는지요.

모든 것은 결정체로 있는 것이 아니라 가능태로 있을 뿐입니다. 그러니 기적은 언제나 가능하고 기적의 주인공은 내가 되는 것입니다. 영춘화는 기적의 산물이지만 또한 기적의 주인공입니다. 당신도 또한 충분히 가능하지 않겠습니까.

어떤 사람이 되시겠습니까. 나는 날마다 좋은 날을 삽니다.

달에게 보내는 선물

달빛 걸어 절로 돌아간다.
세상에 달 하나 띄워 놓고
나를 맞을 집 하나 있다면
그것은 행복 아니겠는가.

달빛이 고맙고
달을 우듬지에 이고 있는
오래된 소나무가 고맙고
가끔씩 불어 내게 오는
뒷산의 바람이 고맙다.

밖을 나돌던 마음도
달빛 아래서는 순하게
다리를 틀고 앉아 바람의
결을 하나씩 센다.

무음無音의 현絃이 내는 소리는
달에게 보내는 이 산사의
오래된 선물이기도 하다.

그래서 달빛은 잊지 않고
산사를 찾아오고
깨닫지 못한 산승은 그 달빛을
오래도록 거닌다.

꿈을 깨고 나면 꿈에 대한 기억만 있고 꿈은 사라집니다. 내가 살아온 날들을 돌아보면 살아온 날들에 대한 기억만 있고 그때는 모두 사라졌다는 것을 알게 됩니다. 꿈은 삶처럼 다가왔다 꿈으로 사라지고, 삶은 삶으로 진행했다가 꿈처럼 남아 있습니다. 다 꿈속의 일이라던 옛 조사들의 말씀이 선명합니다.

나도 역시 나에 대한 기억일 뿐입니다. 나는 한번도 나로 존재한 적이 없습니다. 마치 촛불의 불이 늘 새롭지만 그것이 새로운 불임을 알지 못하듯, 우린 그렇게 자신을 인식하며 살고 있습니다. 그래서 나에 집착합니다. 그 결과는 괴로움이지요.

다 꿈속의 일입니다. 무엇에 집착하겠습니까. 집착하면 어리석음이고 놓으면 지혜가 됩니다. 어리석음에는 번뇌가 따르고 지혜에는 해탈이 함께합니다.

"천강에 천 개의 달이 되어 떠오르고 싶지 않은가."

침묵

좋은 차보다는
걷기가
맛난 반찬보다는
산나물이
거창한 음악보다는
계곡의 물소리가
번잡한 거리보다는
산길이
닥지닥지 아파트보다는
산중 작은 암자가
수많은 말보다는
고요한 침묵이
나는
좋다.

보리수 열매가 익었습니다. 따서 먹어 보았더니 떫고 십니다. 그래도 그 맛이 싫지 않습니다. 세상에 싫은 것이 없으면 그것이 보살의 마음입니다.

나는 아직도 세상에 싫은 게 많습니다. 세상을 산다는 것은 싫은 것은 싫은 대로 받아들이고 좋은 것은 좋은 대로 받아들이는 일입니다.

이만큼 살았으면 좋은 것도 싫은 것도 헤아릴 수 없을 만큼 경험했을 터이니 좋은 것도 싫은 것도 다 일상에 지나지 않을 법합니다. 그냥 일상이 되어 버린 것들에 다시 분별심을 낸다는 것은 좀 우습지 않은지요.

운전을 오래 하면 모범 운전사가 되고 글씨를 오래 쓰면 명필이 되고 사람을 오래 사귀면 친구가 되는데, 인생은 오래 살아도 언제나 초짜입니다. 인생을 익숙하게 사는 법은 없을까. 그렇게 사는 사람들도 더러 있다는데. 나는 아직 '달관'의 동네 곁에도 못 간 것 같습니다.

그래도 시고 떫은 보리수 맛을 그냥 덤덤히 넘기는 것을 보면 인생의 수만 가지 맛도 덤덤히 넘기는 날이 곧 올 것만 같습니다. 그래서 초짜 인생을 벗어나 달관자의 인생을 산다면 얼마나 좋겠는지요.

바람도 선선하고 새도 노래합니다. 옅은 어둠 속 사람들이 그림처럼 집으로 돌아가니 나도 이제 그만 돌아가야겠습니다. 오늘도 좋은 하루가 저뭅니다. 내일도 딱 이렇게만 살았으면 좋겠습니다.

길 잃은 별

해마다 봄이 되면 하늘의
별 무리들이 길을 잃고
이 땅 위로 낙하한다.

별들은 가지에 앉아
몇 밤을 새우고 비로소
혼미한 정신을 흔들어 깨워
가지 위에서 눈을 뜨기 시작한다.

일없이 고요한 하늘을
유람하던 별들은
일 많은 세상의 풍경을 보며
눈에 담고 또 담았다.
아프고 슬픈 지상의 이야기들이
별들의 눈 속에서는 꽃잎이 되어 열렸다.

노랗고 빨갛고 푸른 꽃과 잎들이
모두 별들의 눈이라는 것을 아는가.
그대의 슬픔도
나의 아픔도 별들의 눈 속에서
모두 꽃으로 피어 있는 것을 보는가.

별들은 비로소 알았다.
이 말 많은 지상의 풍경들이
저 말 없는 하늘보다 아름답다는 것을.

길을 잃고 낙하해 꽃이 된 별들은
이제 하늘로 돌아가는 길들을 지우고
다시 봄이 되면 낙하하는
길 잃은 별들을
환하게 반기고 있다.

바람에 흔들리는 풍경 소리와 추녀 끝에서 떨어지는 낙숫물 소리. 다 마음에 아름다운 무늬를 남겨요.

마음이 한가로우니 모든 것들이 마음으로 들어와요. 그래서 마음속에는 멋진 풍경들이 가득 차게 되지요. 이것이 세상을 벗어난 자에게 건네는 세상의 선물이라는 생각이 들어요.

선물은 답할 때 의미가 있다고 생각해요. 선물을 받았으면 그것에 최소한 고맙다는 답은 해야만 할 것 같아요. 선물을 받고도 고맙다는 말조차 건네지 않는다면 그건 너무 잘못된 일이죠.

세상이 나에게 선물을 주었으니 고맙다는 말부터 건네고 세상을 위한 선물을 천천히 준비해야만 할 것 같아요. 길을 묻는 사람에게 길을 일러주고, 슬픔에 잠 못 드는 사람에게 기쁨과 희망을 건네주고, 벗이 필요한 사람에게 기꺼이 벗이 되어 세상의 선물에 답해야 한다는 생각이 들어요.

비가 여전히 내리고 바람은 여전히 불고 풍경 또한 여전히 우네요. 그 사이 산사의 어둠은 깊어 가고 나의 고요 또한 깊어 가네요. 오늘 밤은 세상을 다 안아도 깨어지지 않을 고요가 내게 있는 것만 같아요. 그래서 세상이 더 잘 보이고 내가 선 자리가 더욱 선명하기만 합니다.

때로 반짝이고 때로 쓸쓸한

생은 때로 반짝이고 때로 쓸쓸하다.

반짝임은 쓸쓸함을 견디는 힘이 되고

쓸쓸함은 반짝임을 더욱 반짝이게 한다.

때로 반짝이고 때로 쓸쓸한 생 앞에

우리는 서 있다.

기쁨이 사라진 쓸쓸한 그 순간에도

사랑은 남아 있다.

우리는 사랑의 힘으로 쓸쓸함의 늪을 지나

반짝임을 찾아간다.

마치 북극성을 보며 밤길을 걷듯이

우리는 각자의 가슴 속에 떠오른

사랑이라는 별을 보며

때로 반짝이고 때로 쓸쓸한 인생의 길을 걷는다.

어둡다 말하지 말라.

별이 없어 어두운 것이 아니라

그대가 눈을 감고 있을 뿐임을 깨달아라.
눈을 뜨는 순간 그대는
그대 가슴에 떠올라 늘 그대를 비추고 있는
사랑이라는 별을 보게 되리라.
때로 반짝이고 때로 외로운 날들 앞에서
사랑이라는 별은 여전히 빛나고 있다.

햇살이 눈부십니다. 나뭇잎이 반짝입니다. 바람이 조용히 그 빛들을 싣고 떠나다 그 빛들을 뿌립니다. 세상이 반짝이며 빛나고 그 빛은 내 마음에도 내립니다. 세상과 나는 반짝임으로 하나가 됩니다. 얼마나 눈부신 세상인가. 이 눈부심 앞에 어떤 어둠이 자리할 수 있을까요.

세상이 찬란함으로 깨어날 때마다 나는 하늘을 나는 것만 같습니다. 빛이 되어 빛들과 함께 하늘을 나는 비행은 얼마나 유쾌한 것인지요. 이것은 돈으로는 살 수 없는 기분입니다. 세상에 소중한 것은 모두 공짜라는 말을 실감하는 순간입니다. 일체의 무게도 없이 하늘을 나는 이 행복은 공짜입니다.

삶은 때로 반짝이고 때로 쓸쓸한 것입니다. 오늘은 반짝이는 삶의 날입니다. 오늘을 맘껏 즐기고 그 기억들을 저장해 두어야 합니다. 그래야 때로 쓸쓸한 날들이 찾아와도 행복의 힘으로 웃으며 살아갈 수 있기 때문입니다.

의연함은 어쩌면 삶의 반짝이는 날들을 많이 저장해 둔 사람들의 몫인지도 모릅니다. 쓸쓸한 날들이 찾아와 반짝이는 날들을 지워도, 남아 있는 반짝이는 날들이 많다면 무슨 영향이 있겠습니까.

삶에 감사해야 합니다. 그리고 살아 있음이 최고의 가치라는 것을 깨닫고 살아가야 합니다. 그러면 당신의 인생에 반짝이는 날들이 별처럼 무수히 솟아오를 것입니다.

작은 별들과 햇살은 결코 커다란 어둠을 두려워하지 않는다는 사실을 늘 기억하고 살 일입니다.

슬픔의 곁에 자신을

너무 오래 머물게 하지 마라

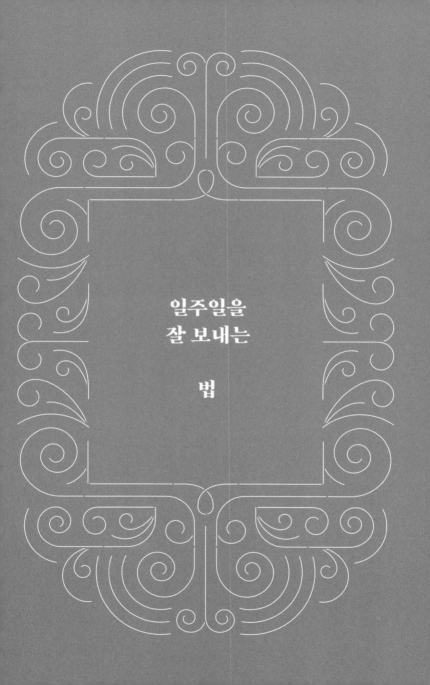

일주일을
잘 보내는

법

봄날이 흘러간다

봄날 햇살에 반짝이며
물이 흐른다. 물은
흐르며 계곡을 흐르던
자신의 이름을 기억할까.
기억하고 있다면
계곡의 물은
강물이 되고
바다가 될 수 있을까.

봄날 햇살을 받으며
산골의 작은 집에서
태어난 아이는
시간을 흘러가면서
끝내 이름을 기억한다.
그래서 우리는 마침내

하나가 되지 못한다.

오늘이나 내일
어쩌면 내가 없을 수도 있는
세상에서
'나'라고
'내 것'이라고
외치는 소리들은 얼마나
부질없는 소리들인가.
그 부질없는 소리들이
끝내 눈물을 만들고
봄날을 아프게 흘러간다.

기분 좋은 아침을 위해서 기도합니다. 기분 좋은 아침을 위해서 산책을 하고 저녁에 읽다만 책장을 뒤적입니다. 삶은 순간에 있다 생각하고 긴 과거와 뿌연 미래를 지우고 탁자에 놓인 커피잔의 온기를 두 손으로 느낍니다.

기분 좋은 아침을 위해 가난한 마음의 정의 하나를 되뇌고 마음에 의지해 두 눈을 감습니다. 모두가 똑같이 가지고 있는 마음. 그러나 누군가는 그 마음에 불편해하고 누군가는 그 마음에 편안해합니다. 불안할 이유가 무언가. 그냥 편안하면 되는 것 아닌가. 모든 것은 마음먹기라는 정의로 나를 흔들어 깨웁니다.

마음을 믿습니다. 마음은 나의 주문대로 움직입니다. 행복하라, 즐거우라. 마음이 웃습니다. 저 착한 마음을 우울하게 만드는 것은 우리의 허물입니다.

마음은 우리를 가둔 적이 없으나 우리는 스스로 갇힙니다. 자물쇠가 없어도 스스로 나가려 하지 않습니다. 한 발만 걸어 나가면 꽃이 피고 햇살이 쏟아지는 들녘인데, 우리는 무엇이 두려워 주저하는 것일까요.

인생은 얼마나 짧은 것인가. 어제를 떨어내고 내일을 걷어버리면 오늘은 햇살만 가득한 법. 삶은 살아가면 살아지는 것이니까 사는 문제 너무 걱정하지 말고 살아갑시다.

기분 좋은 아침을 위해 나는 모든 가정假定과 기우杞憂를 다 버리고 그냥 들고나는 호흡을 주시합니다. 오직 일념. 그것이 가장 행복한 인생입니다.

나만의 길

꽃들이 있어 행복하다.
나의 행복은 꽃이다.
향기롭고 예쁘다.

하늘이 맑아 행복하다.
나의 행복은 하늘이다.
높고 푸르다.

새들의 노래에 행복하다.
나의 행복은 노래다.
곱고 아름다운 선율이다.

그대가 웃을 때 행복하다.
나의 행복은 그대 웃음이다.
즐겁고 은은하다.

나의 행복은 용서다.
마음에 미움이 지워질 때 행복하다.
깊고 또한 밝다.

나의 행복은 이렇게
세상 끝까지 길게 이어지는
나만의 길이다.

하늘이 참 맑아요. 하늘만 보면 우리 사는 세상도 참 맑게 만 보여요. 그래서 요즘 하늘만 보고 살아요.

새들의 노랫소리가 참 밝아요. 새들의 노래만 들으면 우리 사는 세상도 한숨 소리 하나 없을 것만 같아요. 그래서 요즘엔 새들의 노랫소리에만 귀를 열고 살아요.

호수의 물빛이 참 푸르러요. 그 물빛만 보면 우리 사는 세상도 푸른 꿈들이 일렁이는 것만 같아요. 그래서 요즘은 그 푸른 물결을 한참이나 들여다봐요.

매화가 참 예뻐요. 추운 겨울을 나고도 어떻게 저렇게 예쁠 수 있는지 신기하기만 해요. 매화를 보고 있으면 혹독한 시련을 이겨 내고 곱게 웃으며 걸어오는 당신이 보여요.

세상 모든 것이 다 예뻐도 함께 나누는 당신의 마음만큼 예쁘지는 않아요. 그래서 나는 당신 곁에 서서 당신이 나누는 마음의 무늬를 보아요. 하늘보다도 호수보다도 매화보다도 그 무늬가 그려 가는 모습은 아름다워요. 아픈 사람을 일으켜 세우고 상심한 사람들을 위로하고 다시 맑은 세상을 여는 당신의 마음은 너무 아름다워 눈물짓게 해요.

우리가 사는 세상은 바로 그런 당신이 만든 것이에요. 그러니 이 세상도 그 무엇보다 아름답다는 믿음을 가지고 살아가요.

보름달

누군가의 마음을 둥글게 안아 주어라.
그러면 그대 마음에 보름달이 뜨리라.

마음은 몸에 머물지 않고 몸 또한 마음에 머물지 않는다. 그러나 능히 불사佛事에 자재自在함은 미증유未曾有의 일이다. 만약 삼세三世의 모든 부처님을 알고자 한다면 응당 법계의 성품을 관觀하라. 일체가 오직 마음으로 지었다는 것을.

각림 보살의 '유심게唯心偈' 끝부분은 우리가 '파지옥진언破地獄眞言'으로 잘 알고 있습니다. 지옥도 깨버리는 일체유심조의 진리는 우리를 편안하게 합니다.

마음이 몸에 있지 않고 몸도 마음에 있지 않으면서도 불사에 자재하다는 것은 몸과 마음의 상관성을 의미합니다. 우리가 이렇게 거리를 두고 살아도, 우리가 이렇게 마음의 소중함을 잊고 살아도, 우리는 관계 속의 존재고 함께 불국토를 만들어 가야만 하는 존재들입니다. 그러니 더욱 연민하고 사랑해야 합니다. 그러면 능히 지옥도 깨버리는 놀라운 힘의 증거자가 될 수 있습니다.

불안하고 답답한 마음의 시간입니다. 스스로 마음을 보아야 합니다. 사랑과 자비를 잃으면 그 마음은 더욱 불안과 공포에 휩싸입니다. 마음의 평안을 찾고 싶으면 불보살님의 명호名號를 부르며 기도하세요. 그러면 그 마음에 다시 평온이 찾아올 것입니다.

햇살이 따뜻합니다. 그 아래 사람들이 꽃보다 예쁘게 걷습니다. 이 세상의 아름다움은 아름다운 마음으로만 지켜갈 수 있습니다.

마음속 별

사람들의 마을엔
하늘보다 먼저 별들이
피어난다.

하늘보다 아름다운 곳에
사는 사람아. 왜
별보다 아름답게 반짝이지
못하는가.

나무를 볼 때, 호수를 볼 때, 눈을 들어 하늘을 볼 때 나는 편안합니다. 나무와 호수와 하늘은 내게 무한히 허용하기 때문입니다. 그러나 그대와 나는 아닙니다. 우리는 서로가 서로를 차단합니다. 그 차단의 벽 앞에서 아파하면서도 우리는 그 차단을 버리지 않습니다.

마음을 어떻게 쓰고 어떻게 살아가야 하는지를 묻는 수보리에게 부처님은 말씀하십니다. 모든 삶의 문제에 주착住着하지 말고 자신이 가진 것을 나누라고. 그러면 그 복덕은 허공을 헤아릴 수 없듯이 측량할 수 없는 것이라고. 나의 복덕은, 그대의 복덕은 차단에 차단당하고 있는 셈입니다.

하늘처럼 살고 싶은데 여전히 나는 투구벌레처럼 내게 둘러싸여 있습니다. 나란 것이 정말 있는 것처럼. 나는 내 속에서 자꾸만 작아집니다. 그리고 두껍게 어두워져 갑니다.
이 고운 햇살 아래 그것은 너무 초라한 삶의 모습입니다.

햇살처럼 기지개를 켜고 하늘처럼 일어나 호수처럼 걸어
가야겠습니다. 삶이란 이 무한한 보석이 그 빛을 잃지 않
도록.

사랑으로 물들이다

하늘이 호수를 물들이다
하늘도 물들어 버리고 만다.
물든 호수가 너무 아름다워
감탄하는 사이 물들고 만다.

당신을 사랑으로 물들이다
나도 물들고야 만다.
사랑으로 물든 당신이 너무 아름다워
감탄하는 사이
나도 당신에게 물들고 만다.

물든 하늘이 호수를 보고 웃는데
사랑에 물든 당신을 보고
온 세상이 웃음을 보내는데

사랑에 물들지 못하고
울고 있는 당신은 누구인가.
사랑을 몰라 끝내
세상의 웃음을 저버린
당신은.

나의 시간이 여기서 멈춥니다. 눈을 감으면 물결처럼 일렁이는 추억들. 산다는 것은 추억을 만나는 일이고 어느 한때를 생의 전부로 받아들이는 것입니다. 아름다운 풍경은 그 순간을 생의 전체로 물들입니다. 나는 지금 생의 어느 한 지점에 서 있으나 생의 전부를 만나고 있습니다. 마치 내 삶은 액자 속에 갇힌 풍경이 됩니다.

하루 한 번 이 호수 앞에서 내 삶은 액자가 됩니다. 모든 것이 정지해 있어 평화로운 시간. 호수도 햇살도 바람도 나도 추억까지도 움직이지 않습니다. 움직이지 않음으로 우리는 기꺼이 서로를 소유하고 또 기꺼이 자신을 내어줍니다.

그것은 내가 꿈꾸던 삶의 고요한 절정이고 내가 그려가는 삶의 그림입니다. 삶이 한 폭의 정물이 될 때까지 나는 수

많은 생각과 몸짓들을 지워 나가야 합니다. 그리하여 더 이상 버리고 지울 것이 없을 때 나는 하나의 인생 그림을 완성하게 될 것입니다.

역설적이게도 번잡한 삶도 이 풍경 앞에서는 고요가 됩니다. 고요하고 싶다는 삶의 표정과 마음을 이 풍경 앞에서 읽습니다. 나는 풍경에 빠져 고요와 깊게 마주합니다.

액자 밖으로 나와 걸음을 옮기면 풍경들도 모두 제자리로 움직여 갑니다. 다시 움직이는 세상 속으로 모두가 돌아 갑니다. 모두 움직이는 세상 속에서 모든 것이 정지해 버린 한때를 만나는 나는 문득 행복하다는 생각을 합니다.

아픔 너머

무더운 날 사진을 봅니다.
잠깐 더위가 사라집니다.

사는 것이 힘든 날
잠깐 좋았던 날들을 떠올립니다.
그러면 조금 긴 숨이 쉬어집니다.

외로움이 낙엽처럼 내리는 날
기도를 합니다. 그러면
마음 깊은 곳에서 별이
반짝이며 떠오르는 것을 봅니다.

아픔 조금 너머에는 이렇게
반짝이며 우리를 기다리는 것들이 있습니다.

여름이 오는 길목에서 겨울의 정서를 담은 사진 한 장을 만납니다. 문득 여름이 멈추어 서고 겨울이 성큼성큼 다가섭니다. 옷깃을 여미고 뽀얀 입김을 날리며 나는 나가노의 어느 거리에 서고 싶었습니다. 가본 듯 가보지 않은 듯. 내 기억 속에서는 그렇게 희미한 그곳에 나도 지워지는 모습으로 서고 싶습니다. 그 지워지는 모습은 시간과 공간에서 자유롭습니다. 과거도 현재가 되고 아득히 먼 곳도 여기가 되는 그 흐릿한 존재의 자유는 구체화된 존재의 모습이 얼마나 큰 상실인가를 일깨워 줍니다.

언제나 명확하고 구체적인 것을 추구하는 우리들의 삶이 때로는 이렇게 맥없이 무너지는 순간을 만나기도 합니다. 그러나 그 무너짐은 즐거움입니다. 그것은 무상한 존재에 대한 각성이기 때문입니다. 한 장의 사진 앞에서 하나의 음악 앞에서 그리고 한 편의 비보 앞에서 나는 명확하고 구체적인 내가 흐려지는 것을 경험합니다.

겨울 속으로 떠나고 싶습니다. 그곳에서 나인 듯 나 아닌 듯한 흐린 나를 만나고 싶습니다. 그러면 나라는 이기심도, 나여야 하는 욕망도 흐려질 것만 같습니다. 그리고 나는 깨닫게 되겠지요. 자기에게 갇혀 사는 것이 얼마나 답답한 일인가를.

이제 곧 기차에서 내릴 시간입니다. 기차에서 내리듯 나는 나의 욕망과 고뇌에서 내리고 싶습니다.

바다는 스스로 깊어 간다

누군가에게 바다는 탄성이고
또 다른 누군가에게 바다는 한숨이다.

바다는 탄성도 한숨도 다 받아들여
그토록 속이 깊어 간다.

그 깊음 속에 탄성과 한숨은
경계가 사라지고 하나가 된다.
바다는 탄성도 한숨도 모른다.
바다가 아는 건 깊을수록
고요해진다는 것. 오직
그것을 알고 스스로 깊어질 뿐이다.

바람이 불면 가끔 뒤척이나
바다는 결코 움직인 적 없다.

수없이 움직여 방황하는
우리의 모습이란 얼마나 작은가.
큰 것은 보지 못하고
작게만 살아 마침내 고통만 남기는
우리들의 삶은 슬프다.

바다는 탄성도 한숨도
그 깊은 속으로 지우고
오늘도 그 깊은 속을
평화롭게 내보이고 있다.

산다는 것이 참 기기묘묘해요. 어떤 때는 즐겁고 어떤 때는 슬프고 또 때로 분노하고 때로 자비롭고. 어떤 것이 과연 우리의 모습일까요? 수시로 변하는데 내 모습이 어디 있겠어요. 그러고 보면 우린 일생을 사는 것이 아니라 순간순간을 살고 있는 셈이죠.

'사람'이나 '나' 등등. 이 세상의 모든 이름은 관념화된 언어죠. 그 언어에는 사실 실체가 없지요. 그 실체가 없음을 매 순간 통찰하는 것이 반야행般若行이죠. 부처는 늘 반야행을 하는 사람이고 중생은 관념적 언어 즉 희론戲論을 일삼는 사람들이죠.

더위는 땀을 흘리는 상태를 의미하죠. 땀을 흘리지 않으면 더위는 없는 것이 되죠. 더위가 있어서 땀을 흘리는 것이 아니라 땀을 흘리니 더위가 있는 것이죠. 그러니 더위는 '땀을 흘린다'의 명사형이 되고 '땀을 흘린다'는 더위의 동사형이죠. 더위는 실체가 될 수 없는 것이죠.

우리도 마찬가지죠. 일생을 산다고 해도 내가 사는 것이 아니죠. 사니까 내가 있을 뿐이죠. 살지 않으면 나도 없는 것이죠. 그러니 '나'라는 상相을 가지고 살 일이 아니죠. 아상我相을 버리면 다른 여타의 상들도 다 무너지겠지요. 그러면 사는 게 얼마나 행복하겠어요. 아마 여름날의 폭포보다도 시원할걸요.

시원하게 사세요. 인생은 여름날 장마보다 더 짓궂으니 우리가 폭포가 되어 살아야 하지 않겠어요. 일체의 모든 상을 저 폭포처럼 다 쏟아 내는 것이 '더울 땐 더위 속으로 뛰어들라'는 선사 말씀의 의미 아닐까요.

두리번거리는 세상에

기차가 오기 전
기차 하나가 쏜살같이 지나간다.
기차가 지나가고 나서야 비로소
기차가 속도를 떨구며 천천히 들어온다.

지나가는 것은 언제나 쏜살같다.
그대도 나도 지나간다.
그런데 쏜살같은 속도를 느끼지 못한다.
그러다 마지막에 이르러서야 비로소
쏜살같은 세월의 속도에 절망한다.
인생은 순간이었어.
마치 한 편의 꿈을 꾼 것 같은
실체 없는 인생에 두리번거린다.

지나가는 것은 쏜살같다.
그대도 나도 지나간다.
두리번거리는 세상에
내가 밝힌 등 하나가
별이 되어 반짝인다.

성숙은 그냥 얻어지는 것이 아닙니다. 성숙은 모든 고난을 이겨낸 결과물이고 모든 아픔을 극복한 증거입니다. 그래서 성숙은 깊고 고요합니다. 그것은 큰 산의 부동不動과 같고 깊은 바다의 고요와 같습니다. 그리고 그 산물은 풍요롭습니다.

가을은 성숙을 의미합니다. 폭염은 가을로 가는 여정입니다. 그것은 버겁고 힘든 일이기는 하나 우리는 그 과정을 묵묵히 수행해야만 합니다. 그래야 저 가을에 가 이를 수 있기 때문입니다.

생의 모든 시간은 성숙을 향해가는 과정입니다. 지금 괴롭다 해서 그 괴로움이 전부가 아니고, 지금 아프다고 해서 그 아픔이 전부가 아닙니다. 이것이 괴롭고 아파도 우리가 인생을 살아야 하는 이유입니다. 그 고통을 넘어 그 아픔을 넘어 우리가 이를 곳은 풍요로운 성숙의 바다이기 때문입니다.

고통이 길들여지고 아픔이 순해지는 시간. 그래서 만지면 생의 모든 것들이 솜사탕처럼 부드러워지는 시간이 성숙한 시간의 모습입니다. 이제 곧 가을이면 그 시간과 함께할 것입니다. 우리의 가슴에서 모든 것이 솜사탕처럼 부드러워지는 시간이 온다는 것은 얼마나 설레는 일인지요. 나는 성숙한 가을을 기다리며 거친 여름을 걷고 있습니다.

맑은 하늘

하늘이 새털처럼 가벼워요.
새소리가 더욱 투명하게
저 먼 곳까지 아무런 막힘없이
가닿을 것만 같아요.

이런 날은 그리운 사람의 이름을
가만히 읊조리기만 해도 그 사람의
가슴에 가닿을 것만 같아요.

내가 무슨 생각을 하고 있는지
당신이 무엇을 가슴에 품고 있는지
다 보일 것만 같아요.
조심해야겠어요.
나쁜 마음은 버리고 좋은 마음만
품고 있어야겠어요.

하늘도 보고 당신도 내 마음을
읽을 수 있는 아침이니까요.

하늘이 너무 맑아 흐리고 나쁜
마음 안고 살기는 두려운 아침입니다.

지금 한번 당신의 마음을 보세요.
하늘이 보고 또 다른 누군가가
보아도 맑고 예쁘다고 감탄할 만한지.

비가 와요. 빗소리가 정갈해요. 어떤 마음도 담기지 않은 빗소리에 마음이 끌려요. 강물이 바다로 흘러가듯 마음은 무심無心을 향해 흘러가나 봐요. 한마음 일어나면 중중무진重重無盡의 세계가 일어나고 한마음 잠들면 중중무진의 세계도 사라져 버려요. 무진한 세계의 무거움을 벗어나고 싶으면 마음을 버려 무심이 되어야겠지요.

어렵고 힘든 모든 시간의 중심에도 마음이 있어요. 마음의 고된 행진과 부침 속에서 누가 온전히 버티어 낼 수 있을까요. 어려워요. 모두 마음에 울고 마음에 웃는 것이 인생이기에 인생은 고통스러운 바다이기도 하지요.

일어난 마음은 잠재우고 일어나지 않은 마음은 일어나지 않도록 늘 마음을 주시해야 해요. 판단하거나 분별해서는 안 되죠. 그것은 또 마음을 일으키는 일이니까요. 다만 주시하는 겁니다. 일어난 마음을 그냥 바라보고 있으면 그 마음이 사라져 버리고 마음은 다시 무심으로 흘러가게 되겠지요.

빗소리가 정갈해요. 어떤 마음의 무게도 느껴지지 않아요. 빗소리만큼 살고 싶은 아침이네요. 산사에 빗소리가 찾아오면 아침은 얼마나 감미로운지. 부질없는 일들은 다 지우고 살아야겠어요. 마음을 번잡하게 하는 일들은 다 버리고 최대한 단순하게 살아야겠어요. 그러면 빗소리처럼 내 삶의 소리도 내게 그렇게 담백한 울림으로 다가올 수 있을까요.

모두가 평안하시길. 모두가 마음의 사슬에서 벗어나 자유로우시기를. 산사의 고운 빗소리를 모두에게 올립니다.

가을 속으로

가을엔 어스름도
붉고 노랗게 물든다.
내 마음의 어둠도 가을로
노랗고 붉게 물든다.
말라 가는 가을길 나는
붉은 숨을 내쉬며 걷는다.

단풍잎 하나가 가을 속으로
걸어가고 있다.

어두워진 산길을 걸어 절로 돌아가는 길. 산 아래 외딴집에서 개 짖는 소리가 어둠에 메아리치는 소리를 들었습니다. 문득 어둠이 우수憂愁로 다가왔습니다. 여름날의 어둠과는 다른, 가을날의 어둠은 깊고 외롭습니다.

가을밤 쓴 글들은 그래서 다 그리움이 배어 있고 귀향의 쓸쓸함이 얹어져 있습니다. 하늘이 높아 존재는 작아지고 별이 반짝여 외로움이 더 잘 보이는 계절, 가을을 나는 만나고 있습니다.

좀 더 성숙해져야겠습니다. 성숙의 첫째 조건은 침묵입니다. 그것은 잡다한 말로부터 품위를 지키는 일이고 다툼에 거리를 둔다는 의미입니다. 두 번째는 삶이 간결해야합니다. 삶이 간결하지 않으면 번뇌가 쉴 날이 없습니다. 이것저것 하다 보면 어느 날 내가 무엇을 하고 살았나 의

문을 갖게 됩니다. 삶에 여백이 충분하도록 삶을 최대한 간결하게 유지해야 합니다. 그다음은 자기를 바로 보아야 합니다. 자기를 바로 보면 자신이 허망한 생각의 집합이 라는 것을 알게 됩니다. 실체는 없고 허망한 생각들이 모여 나를 이루고 있다면 자신에게 집착할 이유가 없을 것 이기 때문입니다. 자신에 대한 집착을 떠나면 모든 괴로 움은 사라집니다.

가을은 성숙하기 더없이 좋은 계절입니다. 하늘은 높고 별은 빛납니다. 외로움으로 그리움으로 그리고 먼 고향에 대한 향수로 우리는 더욱더 익어 갑니다. 이 소중한 생의 시간 동안 성숙하지 못한다면 삶은 얼마나 볼품없어질까요.

높은 가을 하늘 아래 그리고 반짝이는 별빛 아래 나는 가을을 걷습니다.

흩어져 갔다

등을 맞대고 있던 낙엽들이
바람이 불자 흩어져 갔다.

한 솥에서 밥을 먹던 우리도
시간의 바람이 불자 낙엽처럼
흩어져 갔다. 그리고 가끔
바람에 뒤척이는 낙엽처럼
안부를 전할 뿐이다.

어느 바람결 위에 그대는 있고
또 나는 있는 것일까. 혹
바람의 결을 알지 못함으로
우리는 우리가 어디에 있는지도
모른 채 살아가고 있는 것은 아닐까.

바람이 불면 낙엽은
저 물결을 타고 또
어디로 흘러가게 될까.
그러다 어느 날 낯선
소식처럼 자신도 알 수 없는 곳의
소식을 전하게 될까.

산다는 것은 자꾸만
더 깊은 물음표 속을
방황하는 일일까.

오늘 아침 알 수 없고
갈 수 없는 곳에서 온
너의 소식 하나를 만난다.

사람들의 위대한 점은 극한상황 속에서도 그것을 이겨 내야 한다는 의지를 갖는다는 점입니다. 용감하지 않은 사람이 두려움을 이겨 내기 위해 기꺼이 용감한 사람이 되려고 노력하는 점에 사람들의 위대함은 숨어 있습니다. 이러한 의지와 노력이 우리들의 모든 것을 좋은 쪽으로 돌려놓을 겁니다.

나는 언제나 긍정적으로 생각하고자 합니다. 긍정적으로 생각하다 어떤 일을 그르치면 웃고 넘길 수 있지만, 부정적으로 생각하다 그르치게 되면 분노하게 됩니다. 부정 속에는 이미 분노가 씨앗처럼 숨어 있으니까요. 그러면 긍정의 씨앗은 무엇일까요. 바로 받아들임입니다.

긍정은 좋고 나쁜 것을 잘 받아들이는 힘입니다. 그것은 인연을 따라 살아가는 것을 의미합니다. 인연을 따라 사는 사람에게 모든 장애는 장애가 아니고 공포 또한 공포가 아닙니다. 모든 집착을 놓아 버린 사람에게 무슨 장애와 공포가 따로 있겠습니까. 마치 구름에 달이 가듯 그렇게 이 세상을 노닐 뿐입니다.

긍정은 이 세상을 자유롭게 노니는 힘입니다. 부정은 이 세상에 스스로를 옭아매는 올가미입니다. 햇살 아래서 미소 짓고 푸른 하늘 바라보며 가슴을 여는 잔잔한 긍정이 우리에게는 필요합니다.

열어 놓은 창문 사이로 바람도 햇살도 풍경 소리도 그리고 백 년은 더 자란 소나무까지도 들어와 내 눈과 마음을 가득 채웁니다. 단지 창문을 조금만 열었을 뿐인데도 말입니다. 우리가 마음을 활짝 연다면 얼마나 많은 것들이 찾아올지 기대가 되는 오후입니다.

당신이 있어

당신이 있어 내 마음에 노을이 삽니다.

당신이 있어 나는 햇살이 달빛이 왜 낮은 곳을 향해 내리는지 알게 됩니다.

당신이 있어 내 마음을 비워 바람의 이야기들로 가득 채우게 됩니다.

당신이 있어 서툰 글씨로 사랑의 일기를 씁니다.

고맙습니다.

당신이 있어 저녁 산길에 서서 감사의 기도를 올립니다.

우리에게 병과 고통이 찾아오는 것은 다 이유가 있어서라고 합니다. 다만 그 이유를 우리가 모를 뿐이라고, 인디언 현자賢者는 이야기합니다. 현자의 넓은 마음의 뜨락이 보입니다. 그곳은 고요하고 평화롭고 죽음까지도 선명한 햇살로 떠다닐 것만 같습니다.

우리는 외모나 능력은 모두 다르게 태어나도 마음은 똑같은 것을 가지고 태어납니다. 각자의 특성에 따라 우리 모두는 자기를 표현하고 삽니다. 재벌로 운동선수로 배우로 혹은 샐러리맨이나 노동자로. 하지만 마음의 능력은 잘 드러나지 않습니다. 그냥 '좋은 사람' 정도로 여겨질 뿐 마음은 크게 주목받지 못합니다.

나는 주목받지 못하더라도 마음이 풍성한 사람이 좋습니다. 마치 인디언 현자처럼. 사실 그에게 주목받는다는 것이 무슨 의미가 있겠습니까. 그는 들꽃처럼 혼자서도 평화롭고 행복한 사람이기 때문입니다.

세상에서 내가 진정 부러워하는 사람은 어떤 상황 앞에서도 고요와 평화를 잃지 않는 사람입니다. 그래서 나도 자신에게 속삭이고는 합니다. 늦은 나이에 병이 찾아온다면 고맙다 하라고. 젊어서 병이 찾아왔다면 얼마나 고생할 뻔했었냐고. 내가 늙을 때까지 꾹꾹 참고 있다가 찾아와 준 병마가 오히려 고마울 수 있다고. 이렇게 평화로울 수 있는 나였으면 좋겠습니다.

세상을 산다는 것은 참 재미있고 깊은 가르침이라는 생각이 듭니다. 때로 세속적인 것에 들뜨기도 하지만 우리가 있어야 할 곳은 마음의 본래 자리이죠. 그 자리가 어디냐고요? 맨 앞줄의 인디언 현자의 말씀을 읽어 보세요.

내 안에 빛

추적추적 비 내려도
생긋생긋 꽃향기는 온다.
내리는 비에 옷은 젖어도
꽃잎은 젖지 않고 포근한 향기
폴폴 내게로 건넨다.

가난에 젖고
고통에 쓰러질 때도
향기처럼 살아 있는
내가 내게 있다는 것을 믿는다.
꽃잎처럼 비에 젖지 않는
그래서 환하게 웃는 내가
비에 젖는 나와 함께 있다는 것이
내게는 희망이다.

비도 때가 되면 그치고
가난과 고통 또한
비와 함께 지나가는 것일 뿐
언제까지나 내 안에 머물러 빛나는
내가 있어 나는 길을 걷는다.

비가 오니 맑은 하늘이 보고팠습니다. 맑은 날 찍은 사진을 보니 하늘이 호수에 잠겨 있습니다. 맑은 것과 맑은 것은 이렇게 즐겁게 스미는 것일까. 하늘의 표정이 하늘에 있을 때보다 행복해 보입니다. 하늘의 표정에서 서로 스며든다는 것 그래서 심장과 심장을 맞대는 삶의 즐거움을 엿봅니다.

세상을 이토록 살아도 스미는 것은 어려운 일입니다. 나는 그대에게 흐린 존재이고 그대 또한 내게 흐린 존재일 수밖에 없습니다. 우리는 어쩌다 착해지고 어쩌다 관대해질 수는 있으나 언제나 그럴 수는 없습니다. 우리는 모두 '나'라는 짙은 안개를 가슴에 품고 살고 있기 때문입니다. 안개가 너무 짙어 서로가 서로에게 스미는 것은 두려움이 됩니다. 그것은 죽을 용기를 내지 않으면 시도조차 가능하지 않은 일이 됩니다. 그래서 삶은 외롭고 쓸쓸한 것이 됩니다.

살다 보면 가끔 지나치게 착하고 맑은 사람을 만날 때가 있습니다. 이것은 사실 천재일우의 기회입니다. 그러나 우리는 그 사람을 놓치고 맙니다. 그를 곁에 두고 있으면서도 우리는 그가 너무 현실과 먼 사람이라고 생각합니다. 이것은 자신과 맞지 않다는 의미이기도 합니다. 그래서 착하고 맑은 사람까지도 이 세상에서는 외로운 존재로 남습니다. 우리의 이기심과 현실적 감각은 소중한 가치를 휴지처럼 내팽개치고 맙니다.

우리가 서로에게 스밀 날은 언제일까요. 그래서 서로 맞댄 심장의 온기를 느끼며 즐겁게 미소 지을 날은 언제일까요. 나는 그날이 온다고 확신합니다. 그것은 우리 마음의 구조가 그렇기 때문입니다. 마음은 함께하기를 좋아하고 마음은 나누기를 좋아하고 그대와 하나 되어야 행복한 구조를 지니고 있기 때문입니다.

언젠가 우리가 마음을 볼 날이 오고 이 세상이 온통 마음이라는 것을 알게 되면 우리도 저 하늘과 호수처럼 즐겁게 스밀 날이 오지 않을까요. 그런 날이 꼭 올 것만 같은 예감이 드는 아침입니다.

긍정은 세상을 자유롭게

노니는 힘입니다

버림

꽃이 꽃인 이유는 피기 때문이다.
꽃은 필 때 비로소 자신을 버린다.
꽃망울 속에 감추고 있던
햇살과 바람과 안간힘을 다 버리고서야
꽃은 비로소 핀다.

버리지 않으면 꽃은 피지 못한다.
모든 것을 다 움켜쥐고
새날을 맞으려는 것은 환상이다.
모든 것을 다 움켜쥐고
비상을 꿈꾸는 것은 착각이다.

저 작은 꽃도 버려야 비로소 핀다.
버려야 잎은 벌어지고
버려야 뿌리와 줄기는 강해진다.
버림으로 비로소 피어난 꽃을 보라.

버림이 비로소 탄생이 되고
자유가 되는 꽃들의 세상에서
들려오는 꽃들의 환호를 들으라.

바람이 나무나 흔들고 지나는 줄 알았는데 내 마음까지도 흔듭니다. 안과 밖 없이 존재하는 모든 것을 흔들며 지나는 바람을 봅니다.

바람의 자유는 안과 밖이 없기 때문입니다. 결코 알 수 없는 나의 마음도 그대의 마음도 바람은 능히 들여다보고 여지없이 흔들고 지납니다.

바람이 불 때마다 산길에 나서는 것도, 알 수 없는 마음의 신호에 호흡을 가다듬는 것도 다 바람의 자유를 따라가고 싶어서였습니다.

마음까지도 능히 들여다보는 바람의 눈빛과, 안과 밖을 걸림 없이 넘나드는 바람의 발걸음을 닮지 못한다면 인생이란 어떤 의미가 있겠습니까.

바람이 붑니다. 나는 산길을 나섭니다. 바람을 전송하기
위해서가 아니라 바람을 맞이하기 위해서.

자연의 인사

바람이 불어 꽃대를 흔든다.
환하게 미소 지으며 꽃들이
호수의 행인을 향해 인사한다.
자연의 인사를 받는 나는
자연보다 위대한가.
아니다. 자연은 누구보다 겸손하다.
그래서 누구나 자연 속에서는
대접받는 귀한 몸이 된다.
모든 것을 떠받들고서도
환하게 웃는 꽃과 바람과 호수를 보라.
나는 살아가면서 그 누구를 이렇게
떠받들고 산 적이 있던가.
그리고
가장 낮은 자리에서 환하게 웃어 본 적 있던가.

대접받고 살겠다고 다투다
지쳐 버린 내 삶은 얼마나 남루한 것인가.
바람이 분다. 내 안에 각진 나를 버리고
가장 낮은 곳으로 내려가 꽃처럼 웃으라고
꽃대를 흔들며 바람이 분다.

여행은 점과 선과 면이라고 합니다. 먼저, 가고자 하는 곳을 점처럼 찍고 긴 선을 그리며 우리는 점인 여행의 목적지를 찾아갑니다. 그리고 그곳에서 면적을 넓혀 갑니다. 낯선 거리를 걸을 때 이국의 낯선 사람과 대화를 하거나 눈을 마주칠수록 그 면은 넓어집니다. 단순히 지나가는 여행이라면 면의 확장은 가능하지 않지요. 한곳에 오래 머물러 그곳 사람들을 만나고 그들의 생활과 문화 공간에 참여할 때 비로소 그 면적은 넓어집니다.

그 면적의 넓이는 삶의 넓이가 됩니다. 체험이 많은 사람은 나름의 내공을 가지고 있습니다. 하지만 만나고 참여하는 것만으로는 한계가 있습니다. 사람과 풍경에 대한 관심과 사랑이 없다면 그 넓이는 깊이를 가지지 못합니다. 세상 많은 곳을 여행했다고 말하지만 내공이 느껴지지 않는 사람이 있습니다. 그런 사람들에게는 대부분 관심과 사랑이 결여되어 있음을 알게 됩니다. 사람에 대한 사랑이 없는 지식은 사전적 지식에 그치는 것처럼, 여행 또한 사랑이 결여된 것은 그저 관람 이상의 의미를 갖기 힘듭니다.

나는 이 길 위에서 나를 바라봅니다. 내게는 세상과 사람에 대한 관심과 사랑이 있을까요. 부끄럽게도 없는 것 같습니다. 별 하나에도 부끄러움을 느끼던 윤동주 시인의 독백 앞에서 나는 고개를 떨굽니다. 사랑의 대해大海를 향하는 나의 발길을 잡는 것은 무엇일까. 자비 없이 어떻게 이 넓은 구도의 길을 갈 수 있을까. 겨울비가 풍경 소리처럼 나를 흔들고 지나갑니다.

달빛 뜨락에서

달빛 벗 삼아 노닐다 세월이 갔네.
아쉽다는 말은 차마 못하겠네.
달빛이 이렇게 오늘도 내 뜨락에
찾아왔는데 그건 달빛에게
너무 미안한 말이 되지 않겠는가.

빈손에 달빛만 가득 고였을지라도
나는 달을 보고 웃으며
고맙다 말해야겠네.
내가 어두운 길
걸을 때마다 내 곁을 은은히
밝혀 주었기에 나 이만큼 걸어올 수 있었다고.

무엇을 얻고
무엇을 잃었냐고 묻는다면
나는 딱히 할 말이 없네.
달빛 하나 벗해 살아온 내 인생에
달빛 외에 무엇이 남아 있겠는가.

내가 줄 것은 달빛 뿐.
벗이여 어둡다 느끼면
내게로 오게.
달빛 서로 나누며
우리 함께 가난한 그 길을 가세.

저녁 기도를 마치고 나오는 길, 달빛이 환합니다. 내 기도에 대한 하늘의 축복인가. 나는 배꽃처럼 하늘을 향해 얼굴을 들었습니다. 산다는 것은 축복입니다. 언제 다시 이런 생의 순간을 만날 수 있을까. 금생이 아니면 불가능합니다. 이 한 번의 인생에 우리는 우리의 모든 것을 걸어야합니다. 그것이 순간을 영원처럼 사는 길입니다.

생을 사랑한다는 것은 생의 모든 순간에 최선을 다한다는의미입니다. 사랑하는데 어찌 뜨거운 가슴이 없을 수 있겠습니까. 사랑하면 생은 언제나 놀라운 깨달음으로 다가옵니다. 매 순간이 새롭고 매 순간이 경이로 다가옵니다.

생의 그 놀라운 축복과 신비를 이제 만나보고 싶습니다. 지금까지와는 다른 삶의 결을 만나보고 싶은 것입니다. '두두물물頭頭物物이 부처'라는 부처의 안목처럼 나도 그런 지견智見을 가지고 세상을 만나보고 싶은 것입니다. 그러면 세상은 그리고 내 앞의 그대는 얼마나 환희로운 축복으로 다가설까요.

달빛이 내 심장에 내립니다. 달은 내 안에서 다시 달을 하나 띄우고 있습니다. 나는 비로소 내 안의 달빛으로 길을 비춥니다. 하얗게 핀 배꽃들이 그 길 위를 달려오고 있습니다.

마음

칭찬을 하고 나면 기분이 좋아지고
비난을 하고 나면 마음이 언짢아진다.

보시를 하고 나면 후련하고
인색하게 굴면 마음이 답답해진다.

자기 전 기도를 하면 잠길이 꿈길이 되고
그냥 자다 보면 잠길이 비포장도로가 된다.

새벽 기도를 하고 나면 공양이 맛나고
기도를 거르면 공양이 모래알이 된다.

사람이 예뻐 보이면 내 마음이 즐겁고
사람이 미워 보이면 내 마음이 괴롭다.

용서하면 마음이 한없이 가볍고
증오하면 마음은 태산만큼 무겁다.

자기 말을 많이 하면 마음이 허하고
남의 말을 잘 들어주면 마음이 뿌듯해진다.

내가 손해 보면 마음이 쓰이고
남이 손해 보면 마음이 영 불편해진다.

별을 보면 마음에 별이 반짝이고
똥을 보면 마음에 더러움이 남는다.

마음은 그런 것이다.

내게 주어진 시간에 겸손해지고 싶습니다. 그리고 저무는 시간이면 고개 숙여 감사를 표하고 싶습니다. 내가 언제 다시 인간의 시간대에 머물 수 있을까. 인생은 얻기 어렵고 불법佛法은 만나기 어렵다고 하는데, 난 그 두 가지를 다 만나고 있습니다. 열심히 살지는 못했지만 그렇다고 인생에 대한 감사함을 잊고 살아갈 수는 없습니다.

나는 내게 다가온 모든 것들을 사랑하며 살고자 합니다. 그것이 인생을 향한 내 최소한의 자세이기 때문입니다. 그러나 현실은 언제나 의지와 발원을 빗나갑니다. 얼마나 많이 의지를 벗어나 살았던가. 삶의 아픔은 의지와 발원을 저버린 증거라는 것을 알고 있습니다.

한 주가 저무는 시간 앞에서 나는 다시 고개를 숙입니다. 삶은 너무나 감사한데, 그 감사에 답하지 못하는 내 삶의 자세는 남루할 뿐입니다. 어쩌면 이런 모순 속에서 나는 좀 더 괴로워하며 살아갈는지도 모릅니다. 저녁은 그래서 슬프도록 아름다운 시간으로 다가옵니다. 저녁이면 겸손 해질진저.

생의 어느 시간에서도

그대는 빛나지 않은 적이 없다

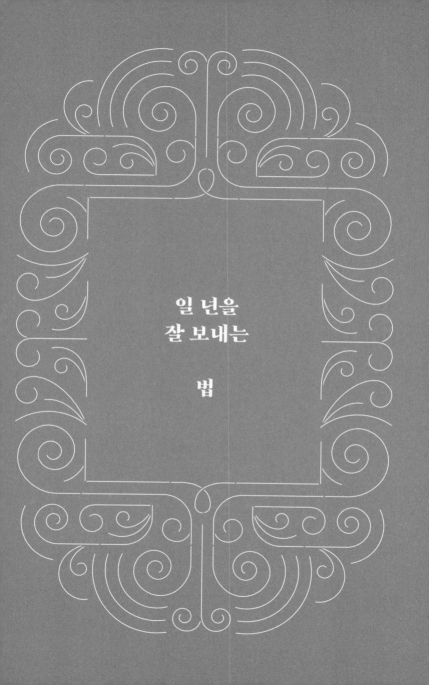

일 년을
잘 보내는

법

봄 봄 봄

물이 흐른다.
계곡이 노래한다.
꽃이 핀다.
봄이라는 것이다.

내가 사립문 같은 나를 나선다.
산골에서 꽃을 보고 웃다
먼 곳의 그대를 그리며
미소 짓는다.
봄이라는 것이다.

작년 봄 떠난 할머니
할미꽃 되어 돌아온다.
내 가슴을 떠났던 사랑이
꽃 무리를 타고

다시 내게 돌아와
꽃 같은 마음들을 피운다.
봄이라는 것이다.
봄 봄 봄

그대와 나
마주 보고 꽃피우라는
봄이다.

입춘 새벽 도량이 하얗습니다. 어느 고운 손길이 뿌려 놓은 것일까요. 부처님 밤새 행복하셨겠습니다. 법당에 정좌하고 앉아서서 미동도 없이 바라보는 눈 내리는 밤의 풍경. 그것은 어쩌면 별을 보고 깨달은 그 순간보다도 더 아름다운 깨달음이 찾아온 순간인지도 모를 일입니다.

풍경이 아름다우면 깨달음은 언제나 목전에 있습니다. 아름다운 풍경에 몰입하고 의미를 발견하는 순간 우리는 또 다른 세계 하나를 만나게 됩니다. 그 세계는 평온하고 아름답고 고요합니다. 마음이 움직여야 할 이유가 없는 곳입니다. 그냥 미소 지으면 그것이 언어의 전부가 되기 때문입니다. 언어 이전의 언어가 가지는 힘은 고요하고 평등합니다. 그러므로 장황한 설명은 필요치 않습니다.

우린 너무 많은 변명과 설명 속에서 늙어 갑니다. 불안하기 때문입니다. 좀 더 근본적인 이유는 집착입니다. 말이 없으면, 변명하지 않으면 안 될 것 같은 불안 속에서 우리는 살아갑니다. 놓아 버려야 합니다. 내가 불안하고 두렵다면 그것이 무슨 의미가 있을까요.

삶을 편안하게 놓아두세요. 구태여 무엇을 잡으려고 하지 마세요. 인연이 있으면 모든 것은 절로 오게 되고, 인연이 아니면 모든 것은 떠나가게 되어 있습니다. 만나고 떠나는 것에 너무 연연하지 마세요. 인생은 어차피 연속 불연속의 진행일 뿐입니다.

아름다운 풍경은 나를 관대하게 합니다. 풍경은 기적을 이루는 대신주大神呪가 되고 끝없이 빛을 주는 대명주大明呪가 되고 위없는 행복의 무상주無上呪가 됩니다. 그냥 침묵하세요. 그리고 미소 지으세요.

흰 눈이 앉았던 자리에 투명한 햇살이 자리합니다. 눈은 떠나고 햇살만 남아도 여전히 투명한 미소만 그려질 뿐입니다. 그 어디 이별의 흔적이 있을까요. 빛과 행복과 견줄 수 없는 주문 같은 자연 앞에서 우리의 개념들은 너무 유아적입니다.

저 아름다움을 따라가세요. 침묵하고 눈을 감으세요. 그러면 자연이라는 풍경 앞에서 또 다른 깨달음을 만나게 될 것입니다.

이 세상의 아름다움은

아름다운 마음으로만

지켜갈 수 있습니다

고마워라

아, 고마워라. 저 거친 풀숲에 이토록
곱게 피어 있어서.

아, 고마워라. 풀숲에 숨어 피는 꽃처럼
눈에 잘 띄지도 않는 작은 산사를 찾아와
부처님오신날 함께 봉축하던
그 손길과 발걸음과 표정들이.

그때는 왜 곱다고만 말했을까.
그때는 왜 고맙다는 말을 몰랐을까.
이제야 비로소 알겠네. 함께하는
모든 것들이 얼마나 고마운 것인 줄을.

오래 잃었던 고맙다는 말을
노을이 물드는 시간 앞에서 나는
비로소 찾았네.

봄바람은 종잡을 수 없어요. 바람을 따라 우는 풍경 소리
도 바빠요. 봄바람은 때로 성급한 여인의 발길처럼 우리
를 재촉해요. 서둘러 가도 빈 들녘의 바람 소리뿐인 것을,
봄바람은 어디를 가자고 하는 것일까요. 이런 날은 오히
려 바람을 거스르는 것이 좋아요.

　　하늘을 이불 삼고 대지를 자리 삼고

　　태산을 베개 하니

　　달은 촛불이고 구름은 병풍이고

　　바다로 술잔을 짓네.

　　크게 취하여 돌연히 일어나

　　춤을 추니

　　긴 소맷자락 곤륜에 걸릴까

　　두렵도다.

진묵 스님의 시인데 무척 좋아요. 만족하면 하늘도 달도 모든 것이 내 것이 되지요. 만족하지 못하면 다 남의 것이고요. 만족하면 나를 사는 것이고 불만족하면 남을 사는 것이 되죠. 하지만 만족하기가 쉬운가요. 비워야 비로소 만족을 만나게 되지만 우린 비움에 서툴러요. 어쩌면 이유도 없이 달려가는 봄바람처럼 살고 있는지도 모르겠어요.

달이 촛불이 되고 하늘이 이불이 되고 땅을 자리 삼는 그 삶의 자유는 소유가 아니라 만족에서 오는 것이지요.

빛의 손길

새벽, 부처님의 명호를 부른다.
부처님은 저벅저벅 걸어와
내 안에 빛으로 자리한다.
내 마음에 어둠이 걷히자
빛들이 모여 꽃을 피워 올린다.

내 마음속에는 우담발화優曇鉢華가 가득하다.
어둠이 빚었던 원망과 시기와 비난도
모두 꽃이 된다.
빛의 손길은 아름답다.

나무아미타불 나무아미타불
그 빛은 무량하다.
빛은 이 세상과 저 세상
지옥과 극락을 가리지 않는다.

한번 명호를 부르면
무량공덕이 된다.
그 공덕은 지옥의 중생들이
천도 되고도 남는다.

49일 지극한 마음으로 염불하고
7번의 천도재를 모시니
천도 되지 않을 중생이 어디에 있겠는가.

백중기도와 천도재로
닫혔던 지옥의 문도 열리고
어두웠던 당신의 마음에도
빛으로 가득한 눈부신
하늘이 열리리라.

법회를 마쳤습니다. 신도님들 떠난 자리에 달빛 찾아와 산사를 단청합니다. 빈 가슴에 선명하게 차오르는 빛색들의 물결. 외로운 가슴이 오히려 따뜻합니다.

해가 바뀌고 나이를 한 살 더 먹었으니 마음에 여백이 더 커져야 합니다. 무엇을 위해 아직도 비우지 못하고 살아야 하는가. 그 들녘과도 같은 여백에서 옳고 그름도 없이, 나도 너도 없이 만나는 법을 배워야 합니다. 세상을 이만큼 살았으니 세상에 주눅 들 일도 없고, 사람들을 이만큼 만나 왔으니 사람들에 한없이 관대하지 못할 이유가 없습니다.

나이가 들었으니 이제 그동안 보지 못했던 것들을 자세히 보면서 살아야겠습니다. 늙은 아내의 볼우물이 얼마나 예쁜지, 노쇠한 남편의 주름이 얼마나 깊은지, 밤하늘의 별

들이 얼마나 예쁜지, 새벽 산사는 얼마나 아름답게 깨어
나는지 자세히 들여다보며 살 일입니다.

하루가 갑니다. 하늘을 올려다봅니다. 내 눈과 마음을 달
빛이 채색합니다. 노구에 내리는 달의 축복입니다. 사람
들이 떠난 자리에 손님처럼 찾아온 달빛과 마주앉아 아주
긴 한 생애의 이야기를 주고받습니다.

새벽이 우리에게

마을은 잠들어 있다
아직 별도 지지 않았다.
산중 노승이 일어나
샘에서 다관에 물을 담는다.
다관 속으로 달빛이 스며든다.
노승이 고개 들어 하늘을 본다.
달이 합장을 한다.
산속의 숲도 합장을 한다.
노승이 법당문을 열고 부처님께
합장을 하고 청수淸水를 올린다.
노승이 목탁을 내려 부처님께
정례頂禮를 올리는 순간 세상 모든 것들이
허리 숙여 부처님을 향해 절을 올린다.
세상은 이렇게 깨어난다.
맑음으로 섬김으로 귀의로

정성을 다해 아주 조심스럽게
새벽 예불의 마음으로 살아야 한다.
그대도 부처님
나도 부처님
생명의 최고 가치가 손상되지 않도록
우리는 절하며 살아야 한다.
세상의 새벽이 우리에게
부처님이 되도록 그렇게 그렇게
정례하며 하루하루를 살아야 한다.

밤마다 부처와 함께 자고
아침마다 부처와 함께 일어나네.

부처와 터럭만 한 차이도
없지만 부처를 찾지 못하네.

부처를 찾고 싶은가. 그러면
부처를 찾는 그 마음을 보게.

언젠가 읽은 부대사傳大士의 게송偈頌입니다. 문장 하나하
나가 전부 기억나지는 않으나 그 뜻은 위의 문장을 벗어
나지 않습니다.

위 게송은 우리 모두가 부처라는 의미입니다. 부처와 함
께 자고 같이 일어나고 터럭만큼의 차이도 없다는 것은

자신이 곧 부처라는 뜻입니다.

자기가 자기를 본다는 것은 성품을 본다는 것을 의미합니다. 견성성불見性成佛은 성품을 보는 것이 곧 부처를 이룬다는 말입니다. 자기를 보지 못하면 성불은 요원한 것이 되고 맙니다. 성철 스님의 '자기를 바로 봅시다.'라는 말씀도 역시 견성하자는 이야기입니다.

길을 걷다가 문득 하늘에 자신을 비추어 보십시오. 바로 걷고 있는지, 표정은 부드러운지 그리고 그 마음은 맑은지.

빛나는 그대

달은 어둠 속에서 빛나고
밝음 속에서 스스로 모습을 감춘다.

그대도 달과 같은 존재다.
시련 속에서 빛나고
평온 속에서 그 빛을 숨긴다.

생의 어느 시간에서도
그대는 빛나지 않은 적이 없다.

그러나 기억하라.
시련 속에서 그대가
더욱 빛난다는 사실을.

아침에 산신각에 들러 잠깐 마음을 모아 기원했습니다. 천흥사에 오시는 모든 신도님께 복을 내려주시고 재앙을 소멸해 달라고. 그리고 오늘 나의 하루도 모든 작난作難으로부터 외호해 달라고.

기도란 그렇습니다. 기도를 하고 나면 마음이 든든해지고 왠지 불보살님이 함께하실 것만 같은 예감이 듭니다. 이 유쾌한 예감은 본성이 깨어나는 것이기도 하고 불보살님의 부사의不思議한 공덕이 내게 찾아오는 것이기도 합니다.

기도를 하면 배짱이 생깁니다. 그 배짱은 넘치는 오만이 아니라 불보살님의 상호처럼 고요하고 온화합니다. 그리고 평화로움이 손에 잡힐 듯 구체적인 것이 됩니다.

산다는 것은 때로 버겁고 때로 눈물나는 일이기도 합니

다. 그 어려운 일을 우리는 포기하지 않고 일생에 걸쳐 하고 있습니다. 살아가고 있다는 사실 하나만으로도 우리는 우주의 축복을 받기에 충분합니다.

그 축복을 구체화하는 것이 기도입니다. 그래서 기도하는 사람들은 이 버거운 시간 속에서도 언제나 고요하고 평화로울 수가 있습니다.

일하고 기도하고 사랑하라. 이것보다 더 선명한 가르침이 있을까요. 그렇게 살아갑시다. 그러면 살아 있는 시간 모두가 축복이 됩니다.

바람이 붑니다. 축복입니다. 그 바람 속을 걷습니다. 축복입니다. 그대의 손을 잡습니다. 축복입니다. 그대와 함께 합장하고 기도를 합니다. 놀라운 축복입니다.

무아無我

비 온다.
기차가 오고 있다.
아침이 온다.
내가 내게 오고 있다.

무아는 모두가 나라는 것.
무소유는 모두가 나의 것이라는 것.
그러다 보면 정말
나는 떠나고
무아가 찾아오는 것.
자아가 있어 분별은 찾아오고
무아가 있어 분별은 떠나가는 것.

분별이 떠나면
내게 남아 있는 것은 오직
무심뿐.
일체의 번뇌가 사라진 바로
그 자리.

가랑비 날립니다. 그들에게는 길 없는 길이 길입니다. 그러므로 어디나 길이고 그래서 자유롭습니다. 그들은 청산의 수풀 속, 나무의 우듬지 위 그리고 나의 머리와 어깨에도 내립니다. 청산과 세속을 가리지 않는 그들의 발걸음은 나비처럼 부드럽고 아이의 두 볼처럼 포근합니다.

청산과 세속 그 어디가 옳은가.
봄볕 있는 곳에 꽃 피지 않은 곳이 없구나.

청산과 세속은 부질없는 우리들의 언어일 뿐 봄볕에게는 아무런 의미가 없는 말에 지나지 않습니다. 경허 선사는 봄볕이었을까요. 그래서 그는 승속僧俗에 자유로웠고 마치 봄볕처럼 중생들의 가슴에 꽃을 피웠던 것일까요. 경허의 게송은 어쩌면 깨달음이 아니라 그의 의연한 사랑의 마음을 노래하고 있는지도 모릅니다.

오늘 내리는 가랑비 속에서 나는 경허의 흔적을 만납니다. 그것은 자유였고 그 지향은 사랑이었습니다. 그의 발걸음은 봄볕이 되어 수많은 꽃을 피우고 있습니다. 이 아침 봄볕과 봄비는 내게 하나가 되어 다가옵니다.

비를 맞으나 비가 나를 적시지는 않습니다. 사랑비입니다. 산이 그 비로 무럭무럭 자랍니다. 부처님의 사랑으로 우리의 마음이 무럭무럭 크듯이.

사계 四季

봄 여름 가을 겨울
그대와 나 사이에도 사계가 있습니다.
그대가 없어도 내 안에도 사계가 있습니다.
관계도 존재도 모두가 자연입니다.
그냥 자연스럽게
저 흘러가는 강물처럼
저 구름을 가는 달처럼
살아갈 일입니다.

봄이면 꽃을 피우고
여름이면 소리치며 달리고
가을이면 가만히 멈추어서
내면을 붉게 물들이고
겨울이면 모든 떠나는 것들을 향해
손을 흔들고 그러다 손을 흔드는

자신도 떠나보내고
시린 광야에 서서 사라져가는
모든 것들을 향해 기도해야 합니다.

삶은 자신을 위한 기도로 시작해
존재하는 모든 것들을 향한 기도로
마치는 긴 기도의 순례입니다.

목수국木水菊이 피었습니다. 소담해 만져 보면 땡땡한 내면의 근육이 느껴집니다. '그래, 바로 이 힘으로 가을을 나고 겨울에 눈을 하얗게 이고 다시 눈꽃으로 피어나는구나.' 생각하게 됩니다.

목수국의 한 생애를 살펴보면 봄에는 꽃도 없고 키도 그렇게 자라지 않습니다. 여름이 되면 해바라기를 하는지 키가 쑥쑥 크고 그러다 어느 볕이 뜨거운 날 비로소 꽃잎을 달기 시작합니다. 가을이 오면 꽃잎은 점점 들녘의 색을 닮아 가면서도 결코 꽃잎을 떨구지 않는 인내를 내보입니다. 그러다 겨울에 눈을 힘껏 맞고 서 있는 모습을 대하게 되면 가을 인내의 의미를 알게 됩니다. 눈을 이고 다시 한번 눈꽃으로 피어나기 위해 가을날 꽃잎을 버리지 않고 꼭 잡고 있었다는 것을.

사람들도 그럴 것 같다는 생각이 듭니다. 세상 모든 것을 다 놓아도 꼭 잡고 싶은 것 하나는 있을 것만 같습니다. 어쩌면 꼭 잡고 싶은 그것 하나가 또 살아가야 하는 이유가 될 수도 있습니다.

볕이 뜨거워도 목수국은 눈을 꽃잎에 이고 다시 눈꽃으로 피어나는 그 순간을 떠올리며 이 땡볕 아래 서 있는지도 모르겠습니다. 폭염 아래서 당신은 무슨 생각을 하며 살아가는지…. 문득 이 폭염이 우리들의 안부를 묻게 합니다.

햇살을 빚는 동자승

동자승 셋이 햇살을 빚는다.
햇살 반짝이며 떨어져
바위에도 꽃들 위에도
내 눈동자에도 내린다.
동자승들이 건네는 아침은
눈부시다.

나의 눈에는 이제 햇살이 가득하다.
내 눈에 비친 당신도
저 숲과 마을도 모두
햇살처럼 빛난다.
빛나는 세상 속에서는
모든 것이 아름답다.

이제 나는 다른 곳을 찾지 않는다.
이곳이 나의 나라이고
이곳이 나의 피안彼岸이다.
마음이 반짝이며 깃드는 곳이
바로 행복의 나라 아니던가.

숨길을 열어 햇살을 영접하고
다시 햇살을 배웅한다.
나는 하루 온종일
햇살이 들고 나는 곳이다.

내 가슴에는 햇살을 빚는
동자승 셋이 산다.

부처님 웃고 계십니다. 그 앞에 아기 부처님도 웃고 계십니다. 생사를 벗어난 자의 해탈의 기쁨. 부처님의 웃음은 곧 아기 부처님의 웃음이 됩니다.

부처님이 이 땅에 오셨다는 것은 이 땅이 이미 불국토라는 것을 의미합니다. 불국토가 되었지만 우리가 불국토인 줄 모르고 살 뿐입니다. 부처님의 제자가 부처님께 묻습니다.

"당신이 사는 세상을 불국토라고 합니다. 우리는 당신이 사시는 세상에 당신과 함께 삽니다. 그러나 이 세상은 너무 힘들고 고통이 많습니다. 이 세상을 불국토라고 할 수는 없지 않습니까?"

그러자 부처님께서 발가락으로 땅을 깊게 누르셨습니다.

그 순간 보석과 꽃으로 장엄한 눈부시도록 아름다운 세상이 펼쳐지는 것이었습니다. 부처님께서는 말씀하셨습니다.

"나는 이렇게 아름다운 세상을 건설했고 지금 그 세계에 살고 있다. 불국토라고 할 만하지 않은가? 너희들은 불국토에 살고 있으면서도 왜 보지 못하는가? 태양이 높이 떠 세상이 환하게 밝은데 그것을 보지 못하고 어둡다고 말하면 그것은 태양의 허물인가 장님의 허물인가?"

부처님이 된다는 것은 큰 원력의 성취로 가능하다는 것이 대승大乘의 입장입니다. 그래서 부처님이 오셨다는 것은 모두가 부처를 이루었다는 의미이고 불국토가 성취되었다는 뜻이기도 합니다.

부처로 불국토에 살면서도 우리는 불국토의 즐거움과 부처의 품위를 방기한 채 살아가고 있습니다. 참 애석한 일입니다. 부처님 저렇게 웃고 계시고 꽃들 저토록 예쁜 세상에서 우리는 무얼 하고 살고 있는지 돌아보게 됩니다.

일하고 기도하고 사랑하라

그러면 살아 있는 시간 모두가

축복이 됩니다

내가 걷는 길

내가 걷는 길
걸어도 끝이 없는 길
걷다가 지쳐도 또다시 걸을 길
날이 저물면 아침을 기다려
뜨는 해를 지고 걸을 길
금생이 다하면 다시
내생에도 걸어야 할 길
그 아득한 숲길
달이 뜨고
해가 지는 길
별이 돋아 반짝이는 이 길
부처님 찾아가는 길

물새들이 떼 지어 물을 건넙니다. 물살이 길이 되어 새가
지난 자리를 저녁 햇살이 건넙니다. 물새들도 길을 내는
세상에서 내가 낸 길은 보이질 않습니다. 나는 어떤 길을
걸어왔던가. 나는 과연 나 아닌 다른 누군가를 위해 길을
걸었던 적이 있는가.

너와 내가 없고 타인을 위한 삶이 자신의 기쁨이 되어야
한다는 것이 부처님의 가르침입니다. 그래서 부처님의 길
은 오랜 세월의 흐름에도 불구하고 뚜렷한 길로 남아 있
습니다. 부처님이 남기신 그 길을 오늘 우리들이 걸으며
그 길을 자유의 길, 생명의 길이라고 부릅니다.

탐욕과 무지는 언제나 길을 지웁니다. 돌아보아 자신의
뒤에 길이 남겨져 있지 않다면 자신의 시간은 탐욕과 어
리석음이었다는 것을 고백해야 합니다. 돌아보아 그 길에

꽃 대신 잡초가 가득해 길을 가리우고 있다면 멈추어서 깊은 참회의 시간을 가져야만 합니다.

이 세상을 살아가는 생명 있는 존재들은 그 길에 대한 책무가 있습니다. 함부로 걸을 일이 아닙니다. 탐욕과 무지로 길을 지울 일도 아닙니다. 우리가 걷는 길 뒤로 햇살과 꽃들이 걸어오고 우리가 사랑하는 친구와 아이 들이 걸어오기 때문입니다.

길은 언제나 새벽입니다. 그래서 길은 언제나 성스럽습니다.

웃음을 맞이할 채비를 하라

저 큰 바다가
갈대의 몸짓을 따라
춤을 춘다.

이 큰 세상도
우리의 몸짓을 따라
춤을 춘다는 것을 아는가.

작은 것이 큰 것이 되고
어둠이 능히 밝음이 되나니.
작은 그대여
그대 작지 않음을 아는가.

울지 마라.

눈물도 언젠간 웃음이 되나니.

울고 있는 그대여

자리를 털고 일어서

웃음을 맞이할 채비를 하라.

달 아래 강물은 춤추고 산과 들녘은 고요하고 평화롭습니다. 강이나 산야에 절망은 없습니다. 인간의 마음을 제외하고 자연을 관찰한다면 모든 것이 얼마나 복된 상태인지 알게 됩니다. 오직 인간의 마음이 문제를 일으킬 뿐입니다.

우리의 마음은 방임放任을 허락하지 않습니다. 끊임없이 무언가를 기대하고 상상합니다. 사람들은 모든 것이 자신의 뜻대로 되기를 바랍니다. 이것은 존재하는 모든 것들의 여여함을 인정하지 않는 것입니다. 존재하는 것들을 자신의 뜻대로 바꾸려 하는 데 우리의 불행이 있습니다. 존재를 있는 그대로 보기 위해서는 방임이 필요합니다. 방임은 자신의 의도된 마음을 버리는 것. 이것은 다른 말로 여여함이 됩니다.

나무는 나무대로 꽃은 꽃대로 살아갈 뿐입니다. 강은 강대로 흐르고 산은 산대로 자리할 뿐입니다. 이 자연의 지극한 복은 마음의 의도를 버렸기 때문입니다. 마음의 의도를 버리고 살아가는 것이 대로大路를 살아가는 길입니다.

여실지견如實知見. 존재의 모습을 참되게 보는 것이 바로 마음의 의도를 버리는 일입니다. 마음의 의도를 버리면 존재계의 이치를 따라 살아가게 됩니다. 그때 우리도 달빛이 넘치는 저 산과 강처럼 평화롭게 살아갈 수 있습니다.

달빛 아래 저 평화로운 강과 산야처럼 살아가길 기도합니다.

눈을 감다

달빛만으로도 어둠을 지우는 세상이 있습니다.
나는 그 세상 안에 삽니다.
불을 켜지 마십시오.
그것은 어둠과 투쟁이 되기 때문입니다.

그냥 눈을 감고 어둠에 익숙해지십시오.
그리고 눈을 뜨는 겁니다.
그러면 달빛만으로도 충분히 밝은
세상 속으로 당신은 입장하게 됩니다.

밖에서 찾느라 그동안 눈은
너무나 지쳐 있습니다.
눈을 감으면 눈 너머의 눈이 열리고
그 눈을 따라 새로운 길이 찾아옵니다.
그 길은 달빛만으로 환히 보이는

당신 내면의 길입니다.

불빛은 밖을 향하지만
달빛은 당신의 저 깊은 내면을 비춥니다.

달빛이 밝은 날은 불을 켜지 마십시오.
가슴속까지 밝히는 달빛을 따라
안으로 안으로 걸어가십시오.
구름에 달이 가듯 그렇게.

윗절 근처까지 걸었습니다. 저녁 산길은 호젓합니다. 걸으며 나는 하나의 문장을 사유했습니다.

어리석은 사람은 자기를 과거, 현재, 미래에 걸쳐 존재한다고 생각한다. 나라는 것이 이렇게 존재한다고 생각하기에 삶의 모든 고통이 뒤따른다.

우리는 존재가 무상하다는 것을 알고 있습니다. 그래도 나는 여전히 하나의 동일성을 가진 존재라고 인식하고 있습니다. 그리고 그 인식은 견고합니다. 진리와 우리의 인식 사이의 거리는 아득히 멉니다.

이치에 맞게 생각한다면 우리의 자기 동일성은 전도몽상顚倒夢想이고 어리석음에 지나지 않습니다. 그래서 고통은 끊임없이 발생합니다. 이치에 맞게 생각하는 것이 정견正見입니다. 정견이 확립되면 자기 동일성을 지닌 자신은 존재하지 않습니다. 아상我相이 사라지는 것입니다. 아상이 사라지면 인상人相, 중생상衆生相, 수자상壽者相도 사라집니다. 사상四相은 아상과 함께 발생하고 아상과 함께 소멸합니다.

이런 사유를 하며 걷다 보니 나도 산도 호수도 다 새롭게 보이는 것 같습니다. 날도 저물고 절에 불빛이 정답게 다가섭니다. 나는 다시 자기 동일성을 가진 존재로 돌아옵니다. 존재하는 모든 것들이 그대로 존재하는 이 친숙함이 내게는 반갑습니다. 언제쯤 그 진리를 체득하며 살게 될까요.

절 입구에서 고양이가 나를 보고 반갑다고 노래합니다. 다가가 머리를 만져 주니 저도 좋은지 눈을 지그시 감고 웃습니다. 저도 내가 익숙해 좋은가 봅니다. 그냥 익숙함이 좋은 저녁입니다.

부처의 아침

발우를 들고 탁발을 한다.
거리에 음식을 내놓고 앉은 사람들이
탁발승들을 향해 합장을 하고
공양을 올린다.
발우에 발원이 담기고
햇살이 바람과 함께 담긴다.
그 공양을 먹은 스님들은
부처처럼 자비롭게
햇살처럼 눈부시게
바람처럼 자유롭게 살아야 한다.

만달레이 사원의 이른 아침 거리에는
햇살도 공양이 되고
바람도 공양이 되는
아름다운 손길들이
부처의 아침을 연다.

일하고 잠들고 다시 아침이면 일하러 다랑논으로 나가고 비가 그치면 무지개가 뜨는 곳에서 6개월 걸려 아이의 치마 한 벌을 짜는 곳에 내 삶을 부리고 싶습니다.

순박한 미소를 짓는 사람들은 모두 부처같습니다. 아무런 사심도 없이 투명하게 내보이는 그들의 미소 속에서 나는 평화를 느낍니다. 그것은 세련되고 잘난 사람들이 가지는 매력 그 이상입니다.

사리자는 부처님이 '존재하는 모든 것이 부처'라고 했을 때 감격해 눈물을 보였습니다. 부처가 되기 위해 해왔던 각고의 노력이 얼마나 먼 우회의 길이었고 이제 더 이상 부처를 찾기 위해 그렇게 애써야 할 이유가 없다는 것에 대한 안도가 한순간에 몰려왔던 것입니다.

이름이 다르고 모습이 달라도 존재하는 모든 것을 부처라고 볼 수 있으면 그는 일체종지一切種智, 즉 부처님의 지견知見을 얻은 사람입니다. 육바라밀을 행한 사람, 불상을 조성한 사람, 모래로 불상을 짓는 아이들, 불교와 상관없이 착하게 산 사람들. 그 모두가 다 일체종지를 얻는다는 것은 모두가 이미 부처라는 의미입니다.

참선을 하는 것도, 경을 보는 것도 아름다운 삶의 모습입니다. 또 각자 생존의 현장에서 죽을힘을 다해 살아가는 모습도 아름답습니다. 우리는 각자의 환경 속에서 각자 맞는 삶을 살아가는 부처일 뿐입니다. 그냥 할 뿐, 다른 의미를 갖다 대지 않아도 됩니다. 그냥 살아갈 뿐. 이보다 더 멋진 말이 어디 있을까요.

부처의 가치는 최상으로 동등합니다. 그 가치를 넘어서는 것은 없습니다. 부자나 권력자나 가난한 이나 노동자나 모두가 동등한 가치를 지닙니다. 전도된 의식 속에서는 차별이 있으나 본래면목에서는 누구나 똑같습니다. 부자 부처님, 가난한 부처님, 못난 부처님, 잘난 부처님. 부처님 앞에 수식어는 의미가 없습니다. 의미 없는 수식어를 버리기 시작하면 부처만 보일 뿐입니다. 부처만 보는 것. 그것이 바로 부처님의 지견입니다.

6개월 뜨개질을 해야 아이 입을 치마 하나 짠다며 환하게 웃던 베트남 산골 여인의 미소. 그것은 내가 본 진짜 부처님의 미소였습니다.

그냥 살아갈 뿐

오직 모를 뿐

새소리를 들었으나
새소리가 없다.

숲을 보았으나
숲이 없다.

안에서 보고
안에서 듣는 자리에는
오직 마음만 있을 뿐이다.

보이지도 않고
알 수도 없는 마음이
숲을 보고
새소리를 들으니

나는 오직
모를 뿐.

비가 올 듯합니다. 비를 맞으면서도 꽃은 피어납니다. 바람을 견디면서도 나무는 자라납니다. 아프다고 쓰러지지 마라. 힘들다고 눕지도 마라. 인생은 그렇게 견디어 꽃을 피우는 일입니다.

누구도 이 세상의 양지 녘만을 살다가 떠난 사람은 없습니다. 그 누구도 비바람을 견디지 않고 살다 떠난 사람은 없습니다. 비바람을 두려워할 일도 어둠에 겁먹을 이유도 없습니다. 어디에서도 가슴을 펴는 일이 바로 주인공으로 사는 일입니다.

마음을 비우세요. 마음을 비우면 마음에 비로소 길이 생깁니다. 그 길을 따라 비바람은 쏜살같이 지나갈 것입니다. 마음을 비우지 못하면 마음에 길은 나지 않습니다. 마음의 길을 잃게 되면 비바람은 그대의 가슴을 치리니. 길

을 잃고 비바람을 정면으로 맞는 일은 위험하기까지 합
니다.

마음을 비우세요. 마음을 비우면 태산을 흔들 것 같은 비
바람도 그 길을 따라 지나쳐 가리니. 산다는 것은 마음을
비우는 일입니다. 마음을 비운 자에게 그 무슨 장애와 두
려움이 있겠습니까.

연꽃이 피는 날

해가 떠나며 노을을 남긴다.
연꽃은 아직 해를 따라가지 않는다.
연꽃은 무엇을 기다리는 걸까.
해가 떠나는 자리에서 왜
꽃피어 해를 따라가지 않는 걸까.

수면이 연꽃의 뿌리를 흔든다.
뿌리는 흔들려도 아직
꽃을 내어 줄 마음이 없다.

어느 날
지는 해가 다시 노을을 남기는 날
연꽃은 자기도 모르게 필지 모른다.
꽃 피는 날을 모르고
꽃 피는 연꽃의 마음을
떠나는 해는 알지 못한다.

뒤돌아보는 해의 눈빛이
노을이 된다.
저 노을을 따라
연꽃이 피는 날을
나는 기다리고 있다.

길은 어디에나 있습니다. 길은 곧 마음의 길이기 때문입니다. 길이 없다고 말하면 그것은 죽어 있다는 선언이기도 합니다. 절망하는 순간, 분노로 앞을 보지 못하는 순간 우리는 살아 있어도 죽은 것이 됩니다. 그 순간 길은 모조리 사라져 버립니다. 죽음은 삶을 떠나야 있는 것이 아니라 이렇게 삶 속에 있습니다.

살아 있는 동안 삶은 온전한 것이어야 합니다. 죽음으로 인해 삶의 흔적이 지워지지 않도록 유념해야 합니다. 분노하지 말 것, 절망하지 말 것, 시기하지 말 것, 그래서 삶의 길을 잃지 말 것.

우리의 길을 지켜 주는 것은 믿음입니다. 믿음이 있으면 길을 잃지 않고 살 수 있습니다. 믿음은 우리 안의 탐욕과 분노와 어리석음을 거두어 가기 때문입니다. 부처님에 대한,

법에 대한 믿음만이 우리를 자유롭게 합니다. 그것은 번뇌를 영원히 제거하고 모든 이들을 부처로 대하게 하기 때문입니다. 모두를 부처로 보는 세상의 길은 아름답습니다.

작은 오솔길을 걸으며 나는 사색합니다. 길섶에 꽃을 보며 겸손이 얼마나 아름다운가를 배웁니다. 믿음이 있는 사람은 여의주를 소유하고 있는 것과 같다는 말씀을 떠올립니다. 나는 길을 걷습니다. 여래지如來地에 이르는 믿음의 길을.

눈

눈은 스스로 풍경을 만든다.
눈은 겨울을 그리는 화가다.
눈의 붓끝에 마음이 끌린다.

눈이 왔어요. 대기가 하얀 대지처럼 맑아요. 시림까지도 맑아 피부를 스치는 차가움까지도 좋아요. 하늘도 맑고 내 마음도 좋아요. 오늘 아침 내 앞에 좋은 것이 이렇게 많네요. 풍요로워요.

눈 쌓인 대지처럼 순결하고 싶고, 맑은 하늘처럼 투명하고 싶고, 마른 꽃잎으로 겨울을 견디는 목수국처럼 나를 비우고 싶어요. 나는 과연 있는 걸까요. 있다면 어디에 있는 걸까요.

나는 조건이 되면 나타나고 조건이 사라지면 부실하게 사라져 가는 것일 뿐이라고 합니다. 그래서 실체로서의 나가 아니라 업보業報로서의 내가 있을 뿐이라는 것을 우린 얼마나 받아들일 수 있을까요.

모든 괴로움은 나에게서 생깁니다. 나를 벗어나면 괴로움도 사라집니다. 나를 벗어나는 것은 공空을 받아들이는 겁니다. 나는 있으나 있지 않다. 살아감으로 있을 뿐이다. 그리고 연기중도緣起中道라는 정견에 근거해 살아가는 겁니다. 그러면 만나게 되지 않을까요? 세간을 벗어난 출세간의 자유를.

오늘 아침 내린 눈이, 맑은 하늘이, 하얀 대지가 그리고 시린 차가움이 내게는 모두 출세간의 소식들인 것 같아요. 그래서 이 모든 것들이 좋고 고마워요. 살아 있어서 만나는 이 좋은 소식들. 나는 다시 여러분에게 이 기쁜 소식들을 전합니다.

달의 빛나는 약속

정월 대보름달이 밝은 것은
그대와 나의 착한 소원들이
달 속에서 빛나고 있기 때문이다.

우리 부모님 극락세계에서 평안하시길
우리 아이들 모두 건강하고 행복하기를
우리 살림살이 조금 더 좋아져 나누며 살 수 있기를.
이렇게 착하고 착한 소원들이
저 정월 보름달을 가득 채우고 있어
달은 저토록 빛난다.

달을 보라. 달이 그대에게 약속한다.
그대가 살아 있는 동안 정월 보름이면
그대 소원 환히 밝혀 그 소원 꼭 이루어 주겠다고.
혹여 아직 이루지 못한 소원은 있어도

잃어버린 소원은 없도록 그대 환하게
비추어 주겠다고 달은 빛나는 약속을 하고 있다.

세상에 길이 다 없어져도
정월 대보름이면 달빛을 따라
그 길은 다시 살아나리니
정월 대보름의 약속을 믿고
우리도 보름을 향해 가는 달처럼
그렇게 살아가자.

어머니 새벽달이 올해를 뒤로하고 서산을 넘습니다. 아버지 시간이 올해를 다 벗어 버리고 동산에 올라 손을 흔듭니다. 사랑했고 미워했던 모든 시간이 이제 다 지난 일이 되어야 한다고 어머니 새벽달은 말합니다. 내년도 아플수 있겠지만 아픔도 또한 인생이라는 사실을 기억하라고 아버지 시간은 말씀하십니다. 사랑하고 미워하고 아파하고 견디고 그러다 다시 웃는 것이 인생이고, 이것은 살아 있는 자만이 느끼는 특권임을 알라는 아버지 시간의 굵은 음성이 가슴 가득 밀려옵니다.

함께해서 좋았고 함께해서 미웠던 당신.
함께해서 견딜 만했고 함께해서 기댈 수 있었던 당신.
그런 당신에게 한 해가 저무는 시간 내가 건넬 수 있는 말의 전부.

고맙습니다.

그리고 다시 손을 맞잡고 두 눈 마주 보며 하고 싶은 말.

"건강하세요, 복 많이 받으세요."

새벽달 져도 내일 새벽이면 또다시 만나듯이 그렇게 또 달빛 같은 얼굴로 내년도 함께하길 부처님 전에 두 손을 모읍니다. 만남이 기도가 되는 당신은 나의 부처님입니다.

그대가 웃으면 태양도 웃고

　　　　　　　　　온 세상도 웃나니

그대여 웃으라

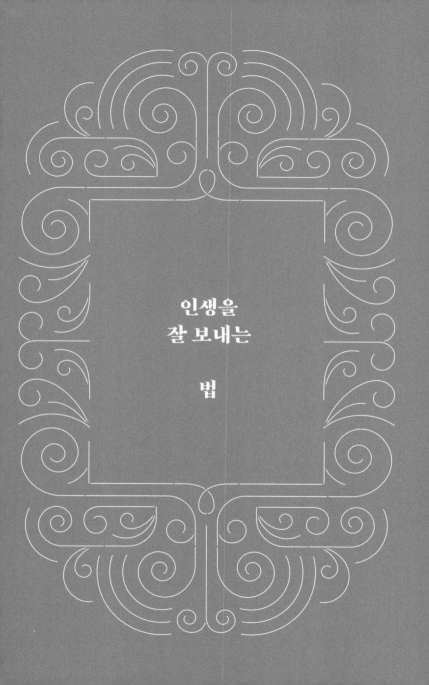

인생을
잘 보내는

법

사랑으로 살아야 하는 이유

저녁 어스름 오솔길에
쪼그리고 앉아 어머니가
두 팔을 벌린다.
작은 다리로 먼저 달려가
안기는 큰딸과 그 뒤에
뒤뚱뒤뚱 달려가 안기는
작은아들.

어머니는 두 개의 달을
양팔에 가득 안은
하늘이 되어 떠오른다.
저 하늘과 달빛이 왜
그리 아름다운지 나는 보았다.

저녁이면 세상의 모든

어머니들이 두 팔로

달을 안고 떠올라 하늘이 된다.

그 속에 내가 있고 그리고

그대가 있다. 우리가

사랑으로 살아야 하는 이유다.

석탑에 달이 걸터앉아 오래전 이야기를 들려줍니다. 석탑이 탄생을 준비하던 시간부터 바람을 이기고 비를 맞던 긴 이야기를. 그때마다 석탑은 고개를 끄덕입니다. 석탑도 잊고 있었던 이야기를 달은 다 기억하고 있었던 것입니다. 빛을 가지고 있는 것들은 결코 망각에 빠지지 않고 죽지 않는다는 것을 달빛은 석탑에게 조용히 일러줍니다.

달은 석탑 곁에 합장하고 서 있는 내게도 와 내 긴 윤회의 생을 들려줍니다. 알 듯 모를 듯 기억은 떠오르지 않고 달빛의 이야기에 고개만 끄덕입니다. 내가 왜 그랬을까, 그때 그 사람들은 이제 다 어디에 있는 걸까? 떠오르지 않는 윤회하는 생의 긴 시간이 물음표와 느낌표로 다가섭니다.

달이 빛으로 충만한 것은 우리들 수많은 생의 이야기가 달 속에 꽉 차 있기 때문입니다. 미워하고 사랑하고 분노하고 용서했던 그 모든 이야기가 달 속에는 빛으로 아름답게 저장되어 있습니다. 그래서 달을 보면 친근하고 반가운가 봅니다.

사는 것이 힘들고 또 외로울 때 두 손을 합장하고 달을 올려다봅니다. 그러면 지금의 이 고되고 외로운 삶의 시간들도 언젠가는 아름다운 달빛이 되어 내게 돌아올 거라는 희망을 보게 됩니다. 그때마다 나는 삶을 향해 미소 지으며 속삭입니다. "괜찮아. 나는 지금 아름다운 달빛 하나를 만들기 위해 이렇게 버겁고 외로운 시간을 만나고 있을 뿐이니까."

달빛이 내게 어머니의 손길처럼 내려 먼 전생의 이야기를 들려줍니다.

단 한 번의 기회

비가 온다.
내 가슴을 씻으며 온다.
씻어 버리지 못할 것이 무엇이겠는가.
그대를 향한 미움도
자신을 향한 자책도
다 빗물에 씻어 내려야 한다.

바람이 분다.
날려 버리지 못할 것이 무엇이겠는가.
내 마음속의 탐욕도
오래되어 누적된 기억도
모두 바람에 날려 보내야 한다.

꽃들이 흔들린다.
꽃들은 흔들리며 핀다.

좌절에 눈 감을 일이 무엇이겠는가.
오히려 흔들리며 걸어가야 한다.
가야 할 곳을 분명하게 응시하며.

언제 비 오고 바람 부는
세상에 다시 올 기약이 있겠는가.
지금이 이 세상과 만날 단 한 번의
기회일 뿐이다.
그러니 주눅 들지 말고
두 팔을 벌리고 하늘을 가득 안고
저 언덕을 향해 달려가라.
그러면 그대의 가쁜 숨이 얼마나
큰 기쁨인가를 알게 되리라.

무수히 행복한 날들의 기억이 내게 남아 있습니다. 그리고 수없이 많은 풍경의 아름다움과 내 영혼을 깨우치는 말씀들이 내 안에서 나를 햇살처럼 비추고 있습니다. 나는 그 기억과 풍경과 말씀을 토양으로 성장해 왔습니다.

그러나 슬프고 아픈 기억들도 내게 남아 있습니다. 씨앗처럼 묻혀 있던 기억들이 떠오르는 순간이 찾아오면 나는 내게 속삭입니다. 다 지나간 일이라고, 인연이 그랬을 뿐이라고, 원망이나 분노는 자기만 아프게 할 뿐이라고.

살아가면서 나는 깨달았습니다. 원망과 증오는 단지 자기만 아프게 한다는 사실을. 어리석은 사람은 자신의 아픔에 집착하고 지혜로운 사람은 자신의 행복에 집중합니다. 자신의 마음에 미움과 증오가 남았다면 그는 어리석은 사람일 뿐입니다.

때로 흐리고 비를 내려도 하늘이 하늘인 이유는 언제나 태양을 품고 있기 때문입니다. 그대가 그대인 이유 역시 수많은 슬픔과 아픔 속에서도 여전히 살아가고 있기 때문입니다. 마치 태양이 먹구름을 뚫고 하늘을 걸어가듯이.

아픈 가슴에 피는 꽃

그대는 꽃을 버려도
꽃은 그대를 버리지 않는다.
탁해지고 지친 그대의 마음에도
꽃은 언제나 찾아와 향기와
고운 자태로 탁한 마음의
탁류를 체질한다.

그냥 믿으라.
그냥 잊지 않고 기억하고 있다면
꽃이 피는 모습과 향기를
만나게 된다. 마치 혼미해진
기억으로도 집을 찾아가는
새들의 귀소歸巢처럼.

연꽃이 피는 것도 믿음 때문이다.

탁한 공간 속에서도 꽃이라는
믿음을 버리지 않아 연꽃은 향기와
함께 저 탁한 공간 속에도 저렇게
피어 피어 있는 것이다.

궁색하고 쪼들려
지치고 분노하는 순간에도
상실의 아픔에 눈물 펑펑
흘리는 그 아픈 순간에도
그대는 믿으라.
자비와 이해만이
자신이라는 사실을.

그대 아픈 가슴에도
향기로 찬란한 꽃이 핀다.

예불을 모시고 기도를 했습니다. 이제는 축원문을 읽을 때면 주소와 가족의 이름을 보지 않아도 떠오르는 집들이 많습니다. 나는 이미 그만큼 그들과 친숙해진 것입니다. 아침마다 많은 분들의 행복과 건강을 축원하는 삶을 산다는 것이 내게는 얼마나 큰 축복인지 모릅니다. 험담하고 비난하는 삶이 아니라 축원하고 발원하는 삶을 살 수 있다는 이 인생의 행운이 무척 고맙습니다.

생축生祝을 마치면 돌아가신 분들을 축원합니다. 모든 업장을 소멸하고 극락세계에 왕생하시라고. 어느 날부터인가 나는 망자와 함께 살고 있다는 생각이 들었습니다. 그들은 두렵고 무서운 존재가 아니라 한없이 자비로운 존재로 내게 다가옵니다. 욕심과 분노는 몸을 가졌을 때의 일입니다. 몸을 버린 그들에게 탐욕과 분노는 얼마나 덧없는 것일까요. 그들에게는 천흥사가 극락이 되어 버렸을 것입니다. 그들은 내게 말합니다. 죽음은 두려운 것이 아니라고. 잘 죽기 위해서는 잘 살아야 한다는 생의 진리를 내게 들려줍니다. 돌아가신 분들을 축원하면서 나는 죽음의 공포에서 벗어납니다. 망자가 친숙하게 다가오듯 죽음 역시 아직 열지 않은 생의 밝은 한 부분으로 다가옵니다.

삶의 가치는 마음으로 결정됩니다. 내가 기도하고 사는 스님이어서 충분히 가치 있는 삶을 살고 있다는 생각이 듭니다. 이 모든 것이 다 부처님을 만난 인연 덕분입니다. 오늘도 나는 삶이 고맙습니다. 내일도 모레도 또 그렇게 감사한 마음으로 살 것입니다. 내가 세상을 떠날 때 내가 남길 마지막 말도 '고맙습니다'일 것만 같습니다. 삶이 온통 고마움인데 이 생이 어찌 아름답지 않겠습니까. 얼굴을 스치고 지나는 찬바람에도 나는 한없이 고마운 마음으로 살아가고 있습니다.

우리는 저 푸른 하늘인 것을

푸른 하늘에 구름 지나간다.
구름 지나가면 늘 다시 푸르다.
구름 지나가는 그동안에만 하늘
가리어져 있다.

구름 가리는 동안 하늘이 스스로
얼마나 넓은지 알지 못하면 하늘은
자신을 잃고야 만다. 구름 지나는 동안
자신의 아주 작은 부분이 잠시
가리어졌을 뿐이라고 아는 하늘은
구름을 탓하지 않는다.

삶의 모든 아픔과 시련은
구름과 같다. 죽고 사는 것도
구름과 같을 뿐인데 오늘의 이 아픔
이 시련을 어찌 한때의 구름이라
하지 못하겠는가.

생에 너무 천착하지 마라. 그러면
스스로가 하늘이라는 사실을 잊게 되나니.
그 아픔의 기억과 시린 날들의 고통을
다만 한때의 구름이라고 생각하라.
우리는 저 푸른 하늘이기 때문이다.

지인이 역류성 식도염이 있다고 합니다. 음식을 먹으면 가끔 올라온다고. 그래서 저녁은 일찍 조금만 먹고 있다고. 나는 참 잘됐다고 했습니다. 저녁을 일찍 조금 먹는 습관이 당신의 건강을 지켜줄 테니 그 병은 당신에게 그리 나쁜 것 같지 않다고.

49재를 모시러 온 자재분들이 엉엉 소리 내어 울었습니다. 아버지를 잃은 슬픔을 가눌 수 없는 것만 같았습니다. 그분들의 아버님은 오랜 병고에 시달리셨던 분입니다. 병을 참고 산다는 것은 본인이 아니면 그 고통을 알 수가 없습니다. 가족이라고 해서 알 수 있는 것은 아닙니다. 병고에 시달리던 분은 죽음을 통해 비로소 병고에서 벗어나게 된 셈입니다. 가족의 입장에서 보면 죽음은 영원한 이별이지만, 환자의 입장에서 보면 죽음은 아픔의 종료를 의미합니다. 나는 가족들에게 이별과 아픔의 종료 중 어느 것이 떠난 분에게 더 좋은 것인가를 물었습니다.

세상에 나쁘기만 한 일은 없습니다. 둘러보면 온통 나쁠 것만 같은 일에도 좋은 점이 있다는 것을 알게 됩니다. 무엇이 좋은지 나쁜지 우리는 잘 알 수가 없습니다.

부처님께서 제자와 함께 길을 가는데 금덩이를 보았습니다. 제자는 얼른 주려 했으나 부처님께서는 급히 저지하셨습니다. "독사다. 손대지 마라." 제자는 부처님의 말씀에 그냥 발길을 옮겼습니다. 그러나 얼마쯤 거리를 두고 오던 농부는 부처님과 제자를 이상하게 여기며 그 금덩이를 들고 기뻐 소리쳤습니다. "금 봤다." 농부는 이내 도난당한 금을 찾던 관군에게 체포되고 말았습니다. 그 광경을 지켜본 제자는 부처님께서 독사라고 하신 말씀을 비로소 이해하게 되었습니다.

무엇이 좋고 무엇이 나쁜 것인가. 세상 모든 것은 좋을 수도 있고 나쁠 수도 있습니다. 그러니 좋고 나쁨에 그리 집착하고 살 일이 없습니다. 그냥 받아들이고 살면 됩니다. 그리고 그것들을 하나씩 의미와 업의 법칙으로 이해해 나가는 일이 필요합니다. 그러면 우리는 성숙하게 됩니다. 그때의 고요와 평화를 맛보고 싶지 않으십니까. 인생의 참된 길이 그것에 있습니다.

하루가 되는 일생

일생이 되는 하루

인생은 바람을 따라

산길에는 바람이 숨어 사나 봐.
산길을 걷다 보면 발길마다
바람이 일어나 말을 걸어와.
그때마다 나는 눈을 감고
지난 시간 속 얼굴들을 떠올려.
모두 바람이 만든 얼굴들.
바람 불면 찾아왔다
바람 자면 지워지는 얼굴들.
인생은 그렇게 바람을 따라 일어나고
바람이 자면 함께 잠들지.
내 인생에 가득한 바람
한가득 두 어깨에 메고 오늘도
산길을 걷네.
걷다 보면 만나게 될까
별같이 따뜻한 님의 눈길을.

기쁨과 행복을 따라가라. 그러면 그대는 그대의 본성을 만나게 되리라. 그것만이 진리이다. 불행하고 분노하고 있다면 그대는 진리를 등지고 살고 있는 것이다. 기쁨과 행복만이 진실이다. 불행과 슬픔은 모두 거짓이다.

가끔 나는 내게 묻습니다. 내 안에 있는 것은 무엇인가. 눈을 감고 있으면 평화와 행복의 물결이 고요하게 이는 것이 느껴집니다. 그 순간 나는 한없이 고요한 기쁨이 되어 흐릅니다. 그러나 이런 순간은 순간에 끝나고 맙니다. 나는 다시 나를 벗어나 슬픔과 불행과 분노를 만납니다. 그리고 그 만남은 오래 계속됩니다.

나는 내가 빛나는 가치의 존재인지 압니다. 그러나 내 삶은 자주 그 가치를 역행해 흐릅니다. 눈앞에서 가치와 멀어지는 순간을 목격하는 것은 아픈 일입니다. 괴로움이 끊임없이 재생되는 시간을 인식한다는 것은 고통입니다.

나의 후신은 어떨까요. 가끔 내생의 나의 모습을 그려 봅니다. 인간의 몸은 두 번 다시 받기 어렵다는 말씀이 아프게 다가옵니다. 인생을 또 받을 수 있다면 아무렇게나 살아도 되지만 소중한 인생의 기회를 두 번 받기는 어렵습니다. 인생은 한 번뿐이라고 단정해야 합니다.

돌아보면 아픈 시간의 자리들이 많습니다. 앞으로의 시간은 기쁨과 행복으로 가득했으면 좋겠습니다. 그것이 진리를, 진실을, 본성을 구현하며 살아가는 참모습일 테니까요.

눈물의 강

마주보고 있던 사람이 떠났다.
그 자리를 바라볼 때면 눈물이 났다.
눈물로 탑을 쌓았다. 그러면
그 사람 다시 볼 수 있을 것만 같았다.
그러나 이미 이 세상에 없는 그 사람
다시는 내 눈 속으로 돌아오지 않았다.

산중의 스님이 말했다.
마주보던 그 사람 이제는
당신의 가슴속에 있다고. 그러나
내 가슴을 다 뒤져보아도 그 사람
찾을 길이 없었다.
스님은 내게 말했다.
눈물이 다하면 가슴 속에 그 사람
볼 수 있을 거라고.

지금은 눈물이 깊어
보려고 해도 볼 수가 없다고.

하루하루 눈물을 쏟아내어
눈물을 말려야 한다. 그래서
내 가슴속에 있다는
그 사람 만나고만 싶다. 그런데
눈물은 왜 이럴까. 흘릴수록
마르지 않고 자꾸 넘쳐만 간다.
눈물의 강이 깊을수록 그 사람
만날 기약은 아득히 멀어지는데.
가슴속에 두고도 나는
그 사람 끝내 보지 못할 것만 같다.

법회를 하면서 죽음에 대해 이야기했어요. 죽음을 생각하지 않으면 우리는 진정 삶에서 무엇이 중요하고 중요하지 않은지 알 수가 없고, 무엇을 해야 하고 하지 말아야 하는지 모르는 채 살다가 떠나게 된다고 말했지요.

죽음을 생각하고 살면 삶이 한결 가벼워지고 선명해지는 것을 느껴요. 우리들 삶에서 견고한 것은 죽음밖에 없어요. 삶은 언제 꺼질지 모르는 포말과 같고 언제 사라질지 모르는 이슬과도 같지요. 불안정하고 불확실한 것이 삶이라면 죽음은 확실하고 견고한 것이죠.

살아 있는 것은 누구나 죽지요. 그래서 죽음을 우리들 삶의 과정 혹은 일부분으로 잘 받아들일 수 있어야 해요. 삶만 바라보고 살면 삶은 언제나 반쪽이지만 죽음까지 사색하고 살면 삶은 전체가 되어 우리를 일깨우지요. 의연함

그리고 무집착과 이해와 용서. 그 모든 것은 죽음의 사색을 통해서 얻게 되는 이익이죠.

삶은 죽음까지도 삶이에요. 살아 있는 삶, 죽어 있는 삶까지 합쳐 놓은 말이 삶이지요. 그러니 죽음의 순간에 두려워하기보다 수행의 시간이 얼마 남지 않았음을 안타까워하는 사람으로 남았으면 하는 바람이 있어요. 그럴 수 있다면 삶은 언제나 살만한 것이 되지 않을까요.

죽음보다 위대한 스승은 없다고 해요. 그래서 죽음과 친근해지는 것은 위대한 스승과 함께한다는 의미가 있는 것 같아요. 나무 그늘에 앉아 쉬듯이 오늘은 죽음이 제게 그렇게 다가왔어요. 죽음에 대한 사색으로 우리는 더 깊어지고 넓어지는 자신을 만났으면 좋겠어요.

아기 태양을 안고

새해 첫날 아기 태양 떴다.
부드럽고 따뜻하다.
가슴에 잘 품고
일 년 내 잘 키워야 한다.
사랑과 자비의 물로
그 태양 건강하게 자라
나를 비추고
이웃을 비추고
온 세상을 비출 수 있도록
잘 키워가야 한다.

그대 가슴속
아주 보드랍고 예쁜
아기 태양 하나 자라고
있음을 기억하라.

분노하고 욕심내는 순간
아기 태양은 아픔에 신음하나니
아프게 하지 마라.

그대가 웃으면 아기 태양도 웃고
온 세상도 웃나니
그대여 웃으라.
이 세상의 웃음이 그대에게서
시작되나니 그 웃음을 따라
아기 태양의 빛도 성장해 가나니.
그대여 한 해
아기 태양을 안고 힘차게
웃으며 시작하라.

깨달음에 이르지 못한 자는 죽음에서 죽음으로 이어지는 길을 걸을 수밖에 없다.

'우파니샤드'의 가르침처럼 죽음이 끝이 아니라 또 다른 탄생의 시작이라는 것을 알아야 합니다. 그러면 지금의 삶에 이유와 가치를 깨닫게 됩니다. 이 삶이 또 다른 삶의 근거가 된다는 것을 깨달으면 지금 이 순간은 영원의 일부가 되는 것입니다. 그러면 이 순간의 삶이 얼마나 소중하게 다가오겠습니까.

죽는 순간의 생각이 다음 생을 만든다고 합니다. 바르게 훈련된 지성이 없으면 죽는 순간 우리는 평정을 유지한 가운데 마지막 생각에 몰두할 수가 없게 됩니다. 죽는 순간 마지막 생각을 아름답게 가져가기 위해서 오늘 이 순간도 마음을 맑게 지니고 살아가야 합니다.

새는 푸르게 노래하고 햇살은 투명하게 걸어가니 어둠이
없어도 별이 보이는 듯합니다.

삶은 길이 되어

눈이 내리는 날 길을 걸으면
삶은 눈처럼 예뻐진다.

바람 부는 날 길을 걸으면
삶은 새가 되어 날개를 편다.

햇살 눈부신 날 길을 걸으면
삶은 찬란한 햇살이 되어 온다.

비가 내리는 날 길을 걸으면
삶은 촉촉이 젖은 대지가 된다.

아버지와 함께 먼길을 걷던 날
삶은 따뜻한 화로였다.

걸망을 메고 산길을 걸으면
삶은 길이 되어 내게 온다.

길을 걷다 하늘을 보고 '하늘이 내 안에 있어서 본다'는 생각을 해본 적 있나요? 길을 걷다 숲을 보고 '숲이 내 안에 있어서 본다'는 생각을 해본 적 있나요?

우리는 모두 '보는 나'는 안에 있고 '보이는 대상'은 밖에 있다고 생각합니다. 그러나 내 안에 그 대상이 없다면 밖에도 그 대상은 없습니다. 내 안에 이름과 형태가 없으면 밖에도 역시 아무것도 없게 됩니다. 우리가 하늘이라는 이름으로 부르니까 하늘이 있고 땅이라고 이름하니까 땅이 있습니다. 신이 땅과 하늘을 만든 것이 아니라 우리가 명명해 비로소 하늘과 땅은 있게 됩니다.

이제 밖은 밖이 아니고 안은 안이 아닙니다. 안과 밖이 무너지는 것이 연기緣起의 세계입니다. 안과 밖의 구분이 선명한 것은 존재들의 세계입니다. 연기는 세계가 나와 하나이고 존재는 세계와 자아의 분리를 의미합니다. 존재의 세계는 나고 죽고 윤회하는 중생들의 세계이고 연기는 나고 죽음이 없고 윤회가 그친 깨달음의 세계입니다.

윤회는 고통입니다. 윤회가 없는 적멸의 세계는 행복입니다. 연기를 존재로 보는 중생들은 언제나 고통의 윤회를 합니다. 이 어렵고 어려운 이야기를 길을 걸으며 생각해 봅니다. 내가 이 말을 얼마나 체험적으로 인식할 수 있을까, 생각해 봅니다.

사유를 하다 보면 어렴풋이 다가오는 것이 있습니다. 선사들의 자유 그리고 부처님의 행복. 길을 걷다 하늘을 보고 멈추어 서서 내가 걷는 모든 길이 연기의 길이기를 발원했습니다.

살면 얼마나 산다고

우리가 살면 얼마나 산다고
그토록 숨 가쁘게 살고 있을까.
가고 싶어도 다음, 다음 미루고
만나고 싶어도 짬을 못 내고
늘 다음, 다음 미루다 끝내
못다 한 일들은 얼마나 많을까.

우리가 살면 얼마를 산다고
왜 그리 미움과 원망은 크고
사랑과 자비는 작았는지 돌아보면
긴 한숨만 나오는 인생을 살고 있는 것일까.

우리가 살면 얼마나 산다고
자나 깨나 그토록 걱정을 안고 살았을까.
돈 걱정, 자식 걱정, 건강 걱정 다 부질없는 짓인데
아직 버리지 못하고
걱정 산에 갇혀 살고 있는 것일까.

우리가 살면 얼마나 산다고
이슬 같고 꿈 같고 그림자 같은
인생에 속아 이리도 방황하고 있는 걸까.
부질없다 초연하게 살아갈 날
그 언제일까.

우리가 살면 얼마나 산다고.

엊그제는 보살님과 두 아드님이 다녀가셨어요. 보살님은 건강이 썩 좋아 보이지는 않더군요. 나는 방송을 마치고 절에 들어오는 중이었고 보살님은 조금 있다 가시려는 그 순간에 만났어요. 만날 인연인가 보다며 보살님이 반가워하시더군요.

"스님, 고맙습니다. 참 오고 싶었어요. 와서 뵙고 고맙다는 말씀을 드리고 싶었는데 그 기회가 이토록 어렵게 왔어요. 참 고맙습니다. 제가 2019년부터 방송을 듣기 시작했는데 그때가 제 인생에 있어서 참 어려운 시기였습니다. 살아야 할지 말아야 할지, 모든 것이 갈등과 혼돈이었지요. 몸도 너무 많이 아팠고요. 그때 스님 방송을 들으면서 삶을 향해 한 발 한 발 걸어 나아갈 수 있었죠. 그렇게 어려웠던 시간들을 스님 방송과 함께 이겨내고 지금은 이렇게 살고 있어요."

두 아드님이 보살님 모시고 떠나고 나는 한참이나 그들이 떠난 자리를 지켜보았습니다. 방송을 하면서 가끔 듣게 되고 만나게 되는 분들. 그 순간 비로소 내가 누군가의 인생에 도움을 주고 있었다는 것을 깨달았습니다. 세상에 와서 다른 누군가에게 하나도 도움이 되지 못하는 삶을 살았다면 그것은 얼마나 못난 인생일까요. 그래도 이런 분들이 계셔서 참 다행이라는 생각이 듭니다.

서로가 서로에게 도움이 되는 삶을 살 수 있다면 얼마나 좋을까요. 그대가 있어 내가, 내가 있어 그대가 기쁜 삶을 살 수 있다면 그것만으로도 우리 충분히 행복하지 않을까요.

길 위에 남겨진 생애

꽃피어 화사했던 날들은 간다.
한 생애 지었던 꽃 같은 웃음도
더이상 기억하지 말라는 듯
이미 사진 속에 갇혀 버렸다.
좋았던 시간들 얼마나 많았을까.
사랑했던 사람들은 또 얼마나 많았을까.
아직 못다 한 이야기들을
꽃피워 보지도 못한 채
가야 하는 그 마음엔 얼마나 많은
슬픔들이 강을 이루었을까.
꽃잎을 싣고 석양을 향해 가던
긴 강물의 흐름도 어둠 속으로
깊이 사라져 보이지 않는다.
오기 어려운 인생길 그러나
가기는 너무나 빠른 죽음의 길.

그 길 위에 남겨진 한 생애가
영정 사진 속에 갇혀
여전히 웃고 있다. 이제 곧
저 꽃 같은 웃음도
불길 속으로 사라지리라.

딸을 먼저 앞세운 어머니가 절에 오셨습니다. 딸의 49재를 모시기 위해서였습니다. 거사님과 함께 온 보살님은 말보다 울음을 먼저 내뱉었습니다. 전화가 안 되어 가보니 딸이 죽어 있었다고 합니다. 땅이 꺼지고 하늘이 무너진 것만 같았다고 합니다. 전혀 짐작하지 못한 딸의 죽음에 심장 하나를 잃어버린 것 같았다고 합니다.

길게 한숨을 쉬고 보살님은 말을 이어나갑니다. "스님 그래도 참 이상해요. 손자들이 재롱을 부리면 귀여워 보이고, 재미난 것을 보면 웃게 되고, 정 배가 고프면 먹게 되더군요. 그래서 이게 뭔가 싶고 내가 더 미워지기도 해요."

인생이란 그런 것 아닐까요. 몸이 죽도록 아파도 살고 싶은 마음이 드는 것은 인생이 슬픔이나 아픔보다는 더 넓고 크다는 의미이고, 우리의 의지가 절망보다는 희망을 향하고 있다는 반증 아닐까요. 세상 어떤 슬픔도 인생을 다 삼킬 만큼 클 수는 없으며 세상 어떤 아픔도 삶의 의지를 꺾을 수는 없습니다. 이것이 인생에 대한 보편적 정의라고 나는 생각합니다.

생명은 끊임없이 흘러가는 강물과 같습니다. 그 흐름 앞에 슬픔과 고통은 부분에 지나지 않을 뿐입니다. 슬픔과 고통 속에서 끊임없이 생명의 흐름을 이어가는 것이 인생 아니겠습니까. 우리가 바로 그 역동성의 주관자라는 사실은 얼마나 아름다운 일인가요.

49재를 잘 모셔 달라며 산문을 나서는 보살님을 보며 나는 보살님이 무척 장한 분이라는 생각이 들었습니다. 양 어깨에 지기 버거운 슬픔을 안고서도 저렇게 또 강물처럼 흘러 집으로 돌아가고 있지 않은가.

누구에게도 인생은 전적으로 기쁨이거나 슬픔일 수 없습니다. 그래서 인생은 살만한 것인지도 모릅니다. 우리 모두에게 인생은 언제나 또 다른 출구를 남겨 두니까요.

나는 내가 빛나는 가치의

존재인지 압니다

그리움으로 남은 자리

떠나간 그리운 사람들의 자리에 꽃을 심었다.

사람은 없고 꽃만 남아

향기의 타래를 풀어

하늘로 하늘로 오른다.

그리우면 하늘인들 멀까.

날마다 향기로 전하는 눈빛 고운

남아 있는 사람들의 그 마음을 보실까.

여기는 삶도 죽음도 모두

그리움의 이름으로 그 경계를 버려

사랑으로 만나는 자리.

국화 향기를 뻗어 그 포옹을 감싼다.

죽음을 너무 슬퍼 말자.
죽음은 삶과 이리도 가까운 것.
나는 아침이면 하늘로 꽃향기 날리고
하늘은 웃으며 내려와
꽃잎 위에 앉는다.

그리운 것들은 이렇게 만난다.

아침이 차갑습니다. 긴 옷을 꺼내 입고 거리를 나섭니다. 코를 통해 들어오는 찬 대기. 가을이 성큼 가슴으로 들어 옵니다.

떠나고 보내는 일을 많이 하고 살아온 인생입니다. 떠날 때 말이 없었고 보낼 때 또한 말이 없었습니다. 떠나고 보 낼 때 말은 얼마나 나약한 것인가. 오히려 침묵이 위안이 된다는 것을 떠나 본 사람들은 알 것입니다.

한생을 같이 살던 사람이 죽었습니다. 점심까지도 정성껏 챙겨 주었는데 저녁 좀 지난 시간 기척이 없었습니다. 늘 아프기는 했지만 이렇게 황망히 갈 수는 없는 일이었습니 다. 연락을 받고 가보니 떠난 자는 평화로운 표정이었습 니다. 무거운 한 생애를 살고도 그의 표정은 일그러짐이 없었습니다. 살아서 그가 짓던 그 수줍은 미소처럼 그는 자신의 무거운 한 생애도 그렇게 조용히 내려놓았습니다. 남겨진 보살님은 믿을 수 없다는 듯 울었습니다. 죽을 때까지 함께하리라던 믿음이 사라진 자리를 그녀는 눈물로 채웠습니다.

보살님은 후회하고 있었습니다. 가끔 다투고 언성을 높였던 것이 그렇게 아프게 다가온다고 합니다. 그러나 망자의 표정은 이렇게 말하고 있는 것만 같았습니다. "나는 다 알아. 당신이 내게 짜증을 내고 언성을 높인 것도 사랑이라는 것을. 당신이 있어서 지금까지 살 수 있었던 거야. 당신의 그 언성과 짜증이 없었다면 난 이미 이 세상 사람이 아니었을 거야. 당신의 부드러움과 자상함도 짜증과 높은 언성도 내게는 다 고마운 사랑이었어. 이제 내가 먼저 가는 것은 당신 좀 편하게 쉬라는 의미야. 고마웠어. 우리 또 만나면 그때는 내가 이 사랑 다 갚아 줄게."

보살님은 울고 망자는 침묵했습니다. 누가 보내고 누가 떠나는 것인가. 어쩌면 망자가 떠나고 망자가 다시 남아 있는 사람들을 보내는 거라고, 내가 떠나도 내가 떠난 슬픔에 머물지 말고 떠나라고, 망자는 남아 있는 사람들에게 그렇게 말하고 있는 것만 같았습니다.

염불을 하는데 눈물이 났습니다. 망자와 함께 여행을 다녔던 순간들이 떠올랐습니다. 점잖고 수줍은 미소가 좋으셨던 분. 망자는 어쩌면 그 길을 한번 둘러보고 떠나셨을지도 모릅니다. 여행 중에도 사찰에 들러 참배하기를 좋아하셨던 분. 망자는 목탁 소리와 염불 소리를 무척이나 좋아했습니다. 그는 추석에 천홍사에 와서 자신의 영탑을 둘러보았습니다. 나는 그분의 평소 바람처럼 날마다 그에게 목탁 소리를 들려드리겠습니다.

이별은 언제나 슬프지만 이별은 또 이렇게 맑은 추억으로 남습니다. 그래서 어쩌면 영원한 이별이란 없는 것인지도 모릅니다.

잘 가라

잘 가라. 나는 이별과 함께 성장해 왔다.
이별과 함께 흘러 흘러 나는
이별 없는 자리를 향해 가고 있다.
이별이 있어 너는 더욱 아름답고
이별이 있어 내 가슴은 깊어 간다.
울지 마라. 우리는 이별 속에서
태어났고 이별 속에서 성장해 가나니.
눈물은 이별을 잡을 수 없나니
다만 침묵하라. 그리고 손을 흔들어
나를 조용히 전송하라.
나는 이별을 사색하며 흐르고 있나니
그대 역시 깊은 사색의 눈빛으로 나를
바라보라. 그러면 저 노을처럼
따뜻하게 흘러가는 나를 보게 되리라.
잘 가라. 너도 흘러가고 나도

흘러가는 세상에서 잘 있으라는 말은
부질없다. 우리는 흘러감으로 이별에서
자유롭다. 잘 가라. 나는 흘러가고
노을은 물든다.

어제는 소설가 김훈 선생의 글을 읽었습니다. 신문에 쓴 글이었는데 세 분의 유언을 비교해 놓았더군요. 퇴계 이황 선생의 유언. "조화를 따라 사라짐이여. 다시 무엇을 바라겠는가." 그리고 임종하는 자리에서는 매화에 물을 주라는 이야기를 남겼다고 합니다. 김훈 자신의 아버지는 "미안하다." 네 음절로 인생을 마감했고, 시인 김용택의 아버지는 이런 유언을 남겼다고 합니다. "네 어머니가 방마다 아궁이에 불 때느라고 고생 많았다. 부디 연탄보일러를 놓아 드려라."

김훈 선생은 그중 김용택 시인 아버지의 유훈을 최고라고 했습니다. 그 이유로 죽음을 아침마다 소를 몰고 나가듯 가볍게 받아들이고 있다는 점을 들었습니다. 그리고 부연해서 말합니다. 이 정도의 유언이 나오려면 깊은 내공과 오래도록 성실한 노동의 세월이 필요하다고.

유언. 참 멋진 단어입니다. 거기엔 거짓이 붙을 수 없을 것 같아요. 한 생애를 닫는 그 말에 어찌 가식이 있을 수 있겠어요. 가장 절실하고 진실한 말 한마디가 있을 뿐이지요. 그 말이 퇴계 선생처럼 철학적 깨달음일 수도 있고, 김훈 선생의 아버지처럼 반성일 수도 있고, 김용택 시인의 아버지처럼 염려와 당부일 수도 있겠죠.

유언이라는 말을 떠올리면 인생이 마치 숙제처럼 느껴져요. 너는 살면서 숙제를 다 했느냐, 하는 물음으로 떠오르죠. 아직 해야 할 숙제가 많이 남았는데 유언이라는 말은 시시각각 선명하게 다가오네요. 저는 숙제 다 하고 만세, 하며 유언 없이 떠나고 싶어요. 게송도 없이 본래 처음처럼 그렇게 가고 싶어요. 아, 나는 햇살의 친구로 살다 달빛의 동무로 떠나는 꿈을 꿔요.

세월이 강이 되어

세월이 강처럼 흐른다.

하얗게 하얗게 흐른다.

점점 탈색되어 가는 물빛

색을 놓고 빠른 흐름도 놓고

세월의 강은 하얗게 흐른다.

세월은 흐르며 버려야 할 것들이

많다는 것을 알았다.

버려야 비로소 평화롭다는 것도 알았다.

버리고 나서야 비로소 가야 할 곳도 알았다.

탈색된 강물은 점점 빛을 닮아갔다.

물결이 아니라 빛의 결이

자신의 숨결이 되는 것을 느꼈다.

한 생애의 노고와

한 생애의 사랑과 미움이

다 녹아 빛이 되는 것을 보았다.

세월이 강이 되어 흐른다.
하얗게 하얗게 흐른다.
마침내 반짝이며 흐른다.

백중기도 회향을 했습니다. 그리우나 내 곁에 없는 이들의 이름을 부르면 그들은 꼭 내 곁에 있는 것만 같은 생각이 듭니다. 그들은 그전에도 그랬고 지금도 그렇고 먼 훗날에도 그렇게 내게 있을 겁니다. 내가 마음을 가지고 살아가는 그날까지 그들은 내게 그렇게 있을 겁니다.

우리는 마음으로 살아가는 사람들이고 세계는 마음으로 이루어져 있습니다. 불교의 삼계三界는 마음의 세계를 의미합니다. 마음이 있어 시간도 공간도 있고, 마음이 없으면 모든 것은 사라져 갑니다. 모든 것은 다 마음이 이룬 것입니다. 일체유심조라는 말씀의 의미가 기도를 모시는 동안 선명하게 다가왔습니다.

지극한 마음으로 그들의 이름을 부르며 나는 형상 있음이 형상 없음과 다르지 않고, 내가 아직 가보지 못한 시간대의 그들을 부르며 한 생각이 무량겁無量劫이 된다는 말이 막연하지 않다는 것을 깨달을 수가 있었습니다. 그래서 중생은 일어나고 사라짐을 자기 존재라 여겨 생멸이 있지만, 여여부동如如不動한 부처는 오지도 가지도 않는다는 말씀을 더욱 구체적으로 새길 수가 있었습니다.

49일의 기도와 7번의 천도재. 그리운 이들은 모두 극락에 이르고 나는 아직은 선명하지 않은 깨달음에 머물게 되었습니다. 그래서 우리는 마주 보고 웃었습니다. 그리움 하나 없는 맑은 웃음을.

내년에도 후년에도 우리가 살아 있는 날까지 우리는 그리운 이들을 이렇게 만나게 될 겁니다. 그러다 보면 우리도 꽃잎이 바람에 지듯 그렇게 이 세상을 떠날 수 있지 않을까요. 그런 날들을 위해서 오늘도 나는 기도를 합니다.

인연

인연이 있어서 만났고
인연이 다해서 그는 떠났다.
인연은 끝에 가면 언제나
앞서거나 뒤선다.
그는 가고 나만 남았다.

그리워서 울었고
그리워서 가슴에 묻었다.
그는 갔어도 내 가슴은
여전히 그를 지키고 있다.
내 안에서 그는 여전히
미소 짓고 있다.

그가 미소 지으면
나는 눈물 흘린다.

엇나간 인연의 거리는
눈물과 미소 만큼 멀다.
떠난 자는 웃고
남는 자는 운다.

그러나 그것으로 족하지 않은가.
시간이 좀 지나면
남아 있는 자도
떠난 이의 미소에
미소로 답하지 않겠는가.

어두운 하늘에 달이 떠오르듯.

비 옵니다. 바람 불고 풍경이 옵니다. 기도하는 등 뒤로 바람이 차갑습니다. 나무아미타불. 순간 이곳은 극락입니다. 기도하는 시간, 이 도량 전체는 극락이 됩니다. 나는 극락에 살고 있습니다.

사람들은 때로 극락에 살고 지옥에 삽니다. 적어도 살아 있는 시간에 국한하여 말한다면 극락과 지옥은 마음에 있다고 할 수 있습니다. 생사가 일여一如라는 불교의 가르침 속에서 보자면 생을 떠난 죽음의 세계에서도 그것은 마음에 있다고 볼 수 있습니다. 유심정토唯心淨土는 이 뜻을 상징하기도 합니다. 그러나 나의 은사 스님은 그것은 실재하는 것이라고 말씀하셨습니다. 나는 그 두 말씀이 같다고 생각합니다. 마음속의 세계나 실재하는 세계나 그것은 똑같이 고통으로 존재하기 때문입니다.

나는 우리 국민 모두와 극락에 살고 싶습니다. 용어가 불교적이라면 천당이라고 해도 좋습니다. 함께 사랑하고 함께 아픔을 나눌 수 있다면 극락이라 하면 어떻고 천당이라 한들 어떻겠습니까. 부처님께서는 '나의 가르침은 뗏목과 같다.'고 하셨습니다. 그러니 강을 건넜으면 그것을 버리라고 하셨습니다. 어쩌면 종교는 뗏목에 지나지 않는지도 모릅니다. 예수님보다 더 지나치게 교리에 집착하는 사람들은 예수님의 재림을 막는 가장 큰 적인지도 모릅니다.

부처나 예수가 꿈꾸는 세상은 모두 하나입니다. 그래서 극락과 천당이 같고, 서로 다른 종교를 가진 사람들이 그들에게는 모두 하나로 보였을 것입니다. 그러니 달을 볼 일이지 달을 가리키는 손가락을 볼 일은 아니지 않겠습니까.

바람에 풍경이 웁니다. 풍경 소리가 내 마음속 분노를 조각냅니다. 그 누구도 미워하지 말자. 우리 모두는 부처와 같은 사람들이 아닌가. 풍경 소리가 내게 극락의 소식을 전해줍니다. 우편배달부 같은 풍경 소리. 오늘 아침 나는 극락의 소식을 받아 들고 다시 사랑하는 법을 수련합니다.

만남이 기도가 되는 당신은

나의 부처님입니다

일생을 하루처럼

일 년이 한 달이 되었다.
한 달은 곧 하루가 되리라.

어린아이가 청년이 되고
어른이 되듯이 세월 역시
일생이 되고 일 년이 되고
한 달이 되고 하루가 된다.

시간의 가장 큰 성장은 하루다.
일생은 하루로 압축된다.
하루가 되는 일생. 그래서 우리는
일생을 하루처럼 살아야 한다.

하루가 남았다는 말은 초라하다.
하루가 되었다는 말은 결연하다.
하루와 일생은 똑같은 무게를 지닌다.
하루가 되는 일생
일생이 되는 하루.

노을이 아름다워 삶의 슬픔을 잊습니다. 그리고 끝은 언제나 아름다워야 한다는 것을 배웁니다. 우리는 언제나 너무 많은 말들을 들어 왔고 너무 많은 말들을 건네 왔습니다. 그러나 그 말들은 저녁 한때의 노을에 미치지 못합니다.

노을은 말이 없습니다. 누군가의 눈길을 잡아끌지도 않습니다. 그냥 보고 싶은 사람만 보라는 듯이 그렇게 있을 뿐입니다. 그런데도 나는 노을의 이야기를 듣고 노을을 주시합니다. 말이 아니라 침묵이, 드러냄이 아니라 은밀함이 내게는 필요한 모양입니다.

삶이란 노을처럼 조용히 물들여 가는 일입니다. 그러다 천천히 아름다움으로 번지는 일입니다. 내면의 말들이 익어 노을이 되고 못다 한 사랑들이 노을이 되어 비로소 완

성됩니다.

모든 것을 다 이루려 하지 말자. 못다 이룬 것들이 노을이 된다면 못다 이룬 것들의 완성 또한 아름다운 것이 아닌가. 못다 한 말들, 못다 이룬 꿈들 그리고 다 나누지 못한 사랑을 회한이라고 말하지 말자. 그것을 다만 노을이라고 부르자.

세상에 못다 이룬 미완의 모든 것들도 아름답다고, 노을은 저녁이면 이렇게 속삭이고 있습니다.

성전 스님의 마음 경전

때로 반짝이고
때로 쓸쓸한

초판 1쇄 발행 2023년 9월 20일

○

지은이 　　　성전
펴낸이 　　　오세룡
편집 　　　여수령 허 승 정연주 손미숙 박성화 윤예지
기획 　　　곽은영 최윤정
디자인 　　　캠프커뮤니케이션즈
　　　　　　고혜정 김효선 박소영 최지혜
홍보·마케팅 　정성진

○

펴낸곳 　　　담앤북스
　　　　　　서울특별시 종로구 새문안로3길 23
　　　　　　경희궁의 아침 4단지 805호
대표전화 　　02)765-1250(편집부) 02)765-1251(영업부)
전송 　　　02)764-1251
전자우편 　　dhamenbooks@naver.com

○

출판등록 제300-2011-115호

○

ISBN 979-11-6201-408-0 (03810)
정가 16,800원